文庫 29

大木惇夫
蔵原伸二郎

新学社

装幀　友成　修

カバー画
パウル・クレー『故郷』一九二九年
（所有者不明）

協力　日本パウル・クレー協会

河井寛次郎　作画

目次

大木惇夫

大木惇夫詩抄（風・光・木の葉／秋に見る夢／危険信号／海原にありて歌へる） 7

天馬のなげき―北原白秋伝（抄） 172

蔵原伸二郎

定本岩魚 193

現代詩の発想について 235

裏街道 270

狸犬 294

目白師　316
意志をもつ風景　341
谿谷行　354

大木惇夫

大木惇夫詩抄

『風・光・木の葉』

序

「風・光・木の葉」の詩人に　　北原白秋

一

生れたものの持つ本然の気稟《きひん》こそは尊ばるべきである。気稟はおのづからにして薫る。篤夫君。

相者は微笑して君を砂中の金と観たと謂ふ。金は砂中にあつても光る。而も君は空しく埋もれて他の知るところとならなかつた。君の出世の機縁は容易に開けなかつた。が、然し、光るべき内質の美徳は畢竟するに耀発せずして止むものでない。秋は来つた。思ふに、少くとも君の刻苦と謙抑とは禍ではなかつた。知つて、而も強ひて是等を君に求めた私もまた幸に厳酷の悔から免れた。これは君の歓びである。

　さうして私の歓びである。

　無論、君は正しく酬ゐられるであらう。世はまた正しくこの俊秀なる新詩人大木篤夫の出現を確認し、更にその詩を推讃愛慕するに吝《やぶさか》でないであらう。曩日《なうじつ》は知らず、目下の君は最早や砂中の金ではない。

　君は一つの詩星としての無垢の気稟を君自身の詩によつて照明した。寧ろ緑金の光を。

「風・光・木の葉」

　処女詩集にして未だ曾てかくのごとく整斉した名詩集を示し得た人は蓋し稀有であらう。君は自重してよかつた。今日の栄誉こそ多年の蟄伏《ちつぷく》の賜である。而も贏《か》ち得たそれは一に君自身の実力に由るものでなくて何であらう。一朝にして抬頭した新進の君の詩が、既に風体として寧ろ老熟の境に庶幾《ちか》いものにさへ看得る事に於て、世人は如何に瞠目するか。殆んどは異数として讃嘆措かざるものがあらう。その手法に於て、姿態に於て、あまりに疵瑕《かし》無く、あまりに完成された点に於て、或は何等かの嫉視と反感とを惹起することもあらうか。私の些か愁ふるところもここにある。後来君自身も顧みて、青春の放肆と絢爛期の才華とを半ば自ら強ひて掣肘した遺憾と寂寥《せきれう》とを或は見返る日があるかも知れぬ。かく云ふは君に対する私自らへの反省である。私の進言が或は矩を踰えは為なかつたか。私はそれを恐れるのである。

　然し、美を済すに完きより如くことはない。而も此集は此集としての完きを遂げた。また修業の発途に於てはかかる恭謙と凝念とから己れを堅固に持するは止むを得ないものである。

之をなほ敢てする若き行者は少ない。君はよく堪へた。さうしてまたその為めに何等かの囚はれた傾きも持つたであらう。然し、得るところは失つたものより大きかつた。この歓びをまた私の歓びとする。また私自身の救とする。

善し、祝福は君の上にあれ。

二

詩は詩として正しくあらねばならぬ。詩の道を己れの道としてその行歩に徹するがまた、正しい詩人の大義であらねばならぬ。詩の信に入る者の覚悟は詩を体して微塵動いてはなるまい。

詩には詩の正しい質・格・律といふものがある。猥りに破るべきでない。修むべきは修め、磨くべきは磨かねばならない。定型の中に却つて内律を整へ、不自由に真の自由を知り、而も破るべきは初めて破るべきである。格あつての出入であるからである。

方今の詩と称するものの多くは粗笨《そほん》な悪文でないことはない。乱雑な表現を以つて内律さながらの自由詩の表現と為す者も、更に深く心を潜めて、その所謂内律なるものが果して詩のそれとして洗練されたものや否やを省みる必須の大事を忘れてゐる向きも少なくはなからう。またその放埒な表現が果してその内律に添ひ得たものかも亦自ら必ず査覈《さけう》すべきがまことである。然し、それほどの詩境と技法とは整斉した詩の格律に就て、当初より真に苦しまない人には到底達し得べきでなからう。私は決して近代の自由詩を肯ぜぬほどの固陋者ではない。寧ろその作者の一人である。児童には特に真の自由表現を奨めてゐる。而も或る一派の所謂自由詩と僭するものを、自由ならず徒《いたづら》に喧騒なりと為すのは大いに故あるのである。

　詩の大義は説話ではない。演繹ではない。詩の味ひは詩として表現せられた言葉以外の如何なる言葉を以てしても、たとへば単に一つの剰語を以てしてさへも解註し得べきでない。詩はさながらの香気と気品とをその詩その言葉にのみ満たす。詩は匂ふ。説くものではない。世に浅薄にして饒舌なる説話詩の如何に夥しいかは知る人は知つてゐよう。

　詩の香気と気品とは真純な詩人の稟性と、練磨された境涯と、技法の妙趣とから来る。言外の余情はおのづからに匂ふ。隠約と云ひ幽韻と云ふも、寂と云ひ栞と云ふも、詩の心と言葉とをゆるがせにしては、決して他の心頭を撲つべきでない。

　世のまた詩と見るものには詩ではあつても低卑なものが多い。詩らしい粉飾を詩のこよなき姿容とするが故に、真のよき詩に対する正しい理解が為されぬのである。空華は浄華でない。比喩隠喩の複雑光に美粧された仮幻は完き象徴ではない。詩の幻術は一に観照の実あつて初めて虚に満つるのである。

　四年前、君が初めて一冊の詩稿を携へて私に訪れた時、可なりさうした甘美な仮幻境に自己を漂蕩せしめてゐたらしい君を見た。而も君の天稟と才情とはなみなみならず私を驚かした。これは奇縁であつた。殊に「想ひかすかにとらへしは風に流るる蜻蛉なり。」と云う君が一篇の「小曲」を発見した時、私は案を拍つてまた君を驚かした。意外の歓会であつた。さうして君の為めに君の詩の為めに早速の祝杯が挙げられた。二人はすつかり亢奮して殆ど夜の更闌くるまでも屋根裏の詩談に熱中した。だがその夜から、君の激越な芸術的感動はまた一方に君の想念を極端に畏縮せしめたかと思はれる。私の賞讃は非常だつたが、私の他のまた批判はあまりに厳に過ぎたかも知れぬ。爾後君は半ケ年といふもの全く詩作を絶つて了つた。然し、この沈黙の苦行によつて君は目ざましく転身した。新風の君の詩篇が続々と生れて来た。

鋭く、常に君は私の心扉を敲きに来た。君ほど敲いて私に多くを語らせた人は少なかつた。私は私の信条に拠り些《いささか》の遠慮なく君を苦しめた。それは一つは全く私自身を鞭撻することであり、私自身を救済することであつた。

君は素描から遣り直した。今日の君の手法の堅実性は日夜に亘る素描の刻苦から来ないで何であらう。一時君は以前の自由さを殆ど失つたかのごとく見えた。然し、君の観照は愈々実に即して来た。

　私達の間は日に増し緊密の度を加へた。詩を通じて人としての牆壁《しやうへき》は取り除かれ、善くも悪しくも私達は規を一にして了つた。愛着以上のものが二人の霊魂を震憾した。ただ私が切々として恐れたのは詩以外の或は私の弱所悪徳のそれらを君に露はに見せ過ぎた後に起る影響の如何であつた。私は時に一言一語をもゆるがせにされなくなつた。その為めの私の苦しみが来た。

　或る人のごときは抒情詩人大木篤夫を目して北原白秋の創作だと為した。これは穿ち過ぎる。成程、君は私の詩の精神を観、私の詩の道とするところを信じ、私の首途を以て君の発途とした。恐らくまた君ほど私の現在の境涯を理解するに深切に而もまた慧敏な詩友はあるまいとさへ歓ばれる。君は私を知己としたが、私はまた君を私の善知識とする事に於て同種同血の親愛を感じずにはゐられなかつた。今後には、私の信条とするところを以て却つて君より教へらるる矛盾さへ生じはせぬかと微笑される。実際私の周囲に於て、君ほど私の詩の根本義を味識し体系としての流通をその詩の上に引いてくれた同朋は無い。私は君のごとき逸才を私の後に得た事に於てまことに限りなき爽快を覚える。私は寂しくない。私は安んじて一図に進み得る。君をも労せしめて禍とせぬ。

ただ、私は私、君は君である。個々の天稟はおのづからにして香階を分つ。個の独自性はあくまでも個のものでなければならぬ。遊行の道こそ一つであれ。信念こそはまた等しけれ。官能の主体、霊魂の所有者は遂に別個の二人であるからである。その二人の境涯も身香も気韻も品質も決して同一では無い。詩は単に観念の道ではない以上篤夫が白秋の転身とはどうして云へようぞ。同質同型の繭ですら個は必ず個の蛾を放つ筈のものではないか。事実に於て、君は既に一の特殊な存在であることを君自身の詩を以て闡明《せんめい》してゐる。

改めて君の詩風を考察して見よう。

三

君の詩は清々しい。さうして而も燐光の淡青色を潜めてゐる。また杏や梨の香ひがする。君の感覚小景には雪中に光る蛍の気品がある。柔軟で繊細で、而も粘り強い蜘蛛の糸の光沢はまた、君の身心にも詩の韻律にも見られる。

君は消えも入りさうに寥しくなる。ただほのかな浅緑の真実に縋る。

一すじの草にも

われはすがらむ、
風のごとく。

かぼそき蜘蛛の糸にも
われはかからむ、
木の葉のごとく。

蜻蛉のうすき羽にも
われは透き入らむ、
光のごとく。

風、光、
木の葉とならむ、
心むなしく。

君の天稟は如何にも素直に、如何にも透明である。幽かな風、声せぬ落葉、露めく光、さうした風、光、木の葉のやうにも顫《ふる》へ易く揺れ易きはまた君の感受性である。君の詩の手触は黎明の白樺、青山椒の湿り、または早春の辛夷《こぶし》、咲きかけの野茨の陰影であり、君の韻律はまた蒿雀《かうじやく》のごとく清新に、遠い葦間の葭切のごとく羽搏き澄む。君の憂鬱はまた酸性の反応を示す。而もその憂鬱は何と云つても薄明のほの青い而も涼しい幻灯画中のものである。雪はまたその中にちらちらと舞ふ。灯が点る。霊性の瞳が。

君は若い。技巧の老成にかかはらず、気品は常に恭しい青年の純情から明るく寂しく透る。君は暗愁に閉ざされた北国人の型ではない。南方の鮮麗な瀬戸内海の潮色に恵まれた熱と慧の都会人であるが、未だこの激越性はその詩には蓄へられて、他の一面に於けるかの酸性の憂鬱と、清楚な才思と、謙抑と細心とが、先づ今日の詩風を成さしめたと云つていい。簡潔に云へば典雅な風光の中の一本の樒《しきみ》の花である。

慾を云へば、一層の深処に心を潜めて、常に円かに霊性の香を燃すことである。ともすると、君はその素肌に直感する外に、君の先づ趣味とする瀟洒な緑色のレインコウトに五月の煙霧をはじく。

君の詩の多くは短章である。然し短章の中に努めて苦しみて詩魂を練ることは詩の要訣の第一である。短章なるが故にその規模を小さしとして疑う者は遂に詩を知らぬ人と云つていい。維摩の方丈はどうであるか。君こそよくその不自由の自由を楽しんで来た人だ。

だが、君の技法は既に整斉した。君は最早やその性情の赴くままに自由に奔放であつてよからう。君のまだ詩に現はれない他の半面が今後如何なる機会を俟《ま》つて、那辺に如何に展開するかは頗ぶる私の興味とするところである。

飛躍して行け。飛躍して行く君の光栄を私は安んじて胆目るであらう。

四

篤夫君。

君に「風・光・木の葉」の序文を約してから、可なりの時日が経つて了つた。此の間の君の期待と焦燥とを察すると、まことに済まなく思ふ。大正の十三年ももう余すところ五日しかない。私はやつと山積した仕事から放たれて今は漸く安らかになつた。久々に外へ出て見ると、隣の廃園の梅もちらほらと白く咲きかけてゐた。小田原の春は早い。君が元ゐた谷津あたりの竹藪には紅い椿と目白との季節が賑つてゐるだらう。あの頃は君とよくここらの野山を散策したものだつた。その後も君が見ゆる度に、この周囲の風物は君の詩中のものとなつた。君は幽かな人の目にも留らぬやうな淡青い木の花などに心を寄せたものだ。さう云へば、おつつけ裏の櫟林に豆んぶしの花の穂も揺れるであらう。

私は安らかだと云つた。さうだ。かうして短日のほの青い薄明の中に坐つて、私はつくづくと君の詩の気品を感じてゐる。

篤夫君。

詩人としての最も正しく生きる道は、その日常をただちに詩の境涯と為ることである。さうして境涯さながらの芸術を最も高い自己の表現とすることが、また最も正しいものだと私は思つている。自己の詩の道にしみじみと楽しみ恍れることは大切である。私達芸術の士にとつては、この人生の苦は畢竟の苦とはならぬ。孤独は孤独でない。このうへにも常住の寂光に遊ぶことがこの道の無上の楽しみであらう。

今の詩壇の乱擾と喧騒とは寧ろ他界の雑音とのみ聴くべきである。目前の名聞に執し、欲情の功利に奔馳するは古への幽人達も心から顰蹙した。高雅なるべき芸苑をあまりに私する小乗の徒の卑賤は顧みぬがよい。君もよく忍従した。が、今後も正しく堪へて行かれることと思ふ。自ら信ずる者の確乎たる守持こそは讃めらるべきである。静かに満を持して私達は蓄へてあらう。さうしてまた静かに私達の行歩を移さう。

私は私のこの道この信念により、ここに改めて君の詩を正しく推奨し得ることを私の矜りとする。君の詩君の表現はまた必ずや詩の精神とするところのものを闡明してくれるであらう。私はまたこの好き機会を利用して私の平生の信条をも正しく世に示し得ることを喜ぶ。

思ふに君は私より若きこと十年である。その若さを楽しみ得る君の詩情は愈々鮮新であれ。君は祝福されてよい。

繰り返して云ふ。君のこの処女詩集「風・光・木の葉」こそは近来の名詩集である。君は既にこの第一集によつて、当然に、現代詩壇に於ける優越した星座の一つに位置し得るであう。

「風・光・木の葉」

今こそ君は燦とした君自身の光芒を眺めてよい。

大正十三年十二月二十五日　　小田原の山房にて

風・光・木の葉

一すじの草にも
われはすがらむ、
風のごとく。
かぼそき蜘蛛《くも》の糸にも
われはかからむ、
木《こ》の葉《は》のごとく。
蜻蛉《あきつ》のうすき羽《はね》にも
われは透《す》き入らむ、
光のごとく。

風、光、
木の葉とならむ、

心むなしく。

小曲

想ひ
かすかに
とらへしは、

風に
流るる
蜻蛉《あきつ》なり、

霧に
ただよふ
落葉なり、

影と
けはひを
われ歌ふ。

青　木

雪解《ゆきげ》の泥《ひぢ》になやみゐて、
ほれぼれと眺め入りけり、
路ばたの青木《あをき》の木の実
つらつらと真青なる、
真赤なる。

明日の花

薄陽《うすび》にも

接骨木《にはとこ》の枝が白う光るよ、
残りの雪もとけるよ、
ああ、明日《あす》の日の花を待たばや。

雪　後

雪晴れて
藪鶯《やぶうぐひす》はめづらに啼けり、
ひさびさに外《そと》に出て見る
椋《むく》のこの白き幹《みき》だち。

桐の枯木

焦杉《こげすぎ》の叢立《むらだ》つ前に
あかりて白き桐の木の枝、

見てゐれど、ゐれど
鳥の来てとまるとはせず。

芹の根

朝まだき、水のほとりに
ひえびえと摘《つ》む芹の
その根の白さ、
摘めども、摘めども、その白さ。

小魚

流《なが》れ藻《も》の
ながれ透《す》く間《ま》に
ちろ〳〵と光る魚あり、

日陰《かげ》れば
陰《かげ》る魚あり。

こぶしの花

辛夷《こぶし》は
白き花ながら、
つくづく見れば影もありけり、
影と見えつつ
かうがうしくも寂《さ》び明りけり。

親しき花

けふ日頃こころをとめて見らるる花、

樒《しきみ》の花、からたちの花、
まめんぶしの花、どうだんの花、
なべてみな蒼みがかりて白き花、
ささやかにして忘られし花、
野山の花。

見慣れた風景

遠山なみは
あをぞらを流れてゐる、今日も、
煤《すす》けた赤い旗が
駅の屋根にゆらいでゐる、今日も、
孤独に慣れた眼に、今日も。

日没

日没の雪の野路《のみち》に
樹のかげと私の影が
あをあをとしみこんだ、
鳥の羽ばたき、風の音、
口笛の歌まで影となつて
あをあをとながれた、
日没の雪の野路《のみち》に。

鶯笛

雪こそ解けね、
一二すん下には
草もあをあを芽ぐんでゐやうよ、

どこやら、底明るい空に
隣りの子供の吹いてゐる
鶯笛《うぐひすぶえ》の音《ね》もとほるよ。

竹　馬

隣りの子等が
裏の藪から切ってつくった
この竹馬の竹の青さよ、
幼い日のおもひでに
沁み入るやうなその青さよ。

柊　の　花

妻よ、

隣りの子供の
鶯笛《うぐひすぶえ》でも借りて来よ、
柊《ひいらぎ》の花が寂《さび》しいといふたとて、
どうせ来る日が来なければ
春にもなるまい。
ああ、せめて、
鶯笛でも吹かうよ。

八つ手の花

冷えびえ濡れて
八つ手の花のうす白さ、
日の暮れにながめてゐれば
こころもともに霙《みぞ》るる、
葉越しに見えて動かぬ
妻の顔も笑はねば。

冬薔薇

冬ばら、冬ばら、
こがらし吹けば
天翔《あまか》ける鳥の翼《つばさ》も傷みやすきに、
冬ばら、冬ばら、
粉雪まじりの薄陽《うすび》にも
しろじろと匂ふ冬ばら、
ああ、わが心うれたくも
咲き継《つ》げよ、ねもごろに、
冬ばら、冬ばら。

冬の菫

いろはうすけれ、菫《すみれ》の花の

わすれ咲き、
こぼれ実も
小春にあへばたふとさよ、
われらが冬の日かげにも
妻よ、たまには、陽も射さうぞ。

むかし

三月来れば、かの山に
妻よ、かの日の
かの山査子《さんざし》の花は咲かんに、
疎《うと》しとにはあらね、われら、いま、
むかしを語ることさへも
いよいよに稀れとなりけり。

ぺんぺん草

青空にひばり鳴くとも、
妻よ、げに、この草屋根の
ぺんぺん草はあはれなり、
吹かれ吹かれてあひすがる
この二本《もと》のぺんぺん草は。

うぐひす

うららびはきたるらし、
けふのひもめぐまれて。
しづかなるめざめにきく
あかつきのうぐひす。

珊瑚樹

あをぞらはれて
珊瑚樹の花咲きにけり、
世の隅に汝《なれ》とゐて
きよくさびしき。

溝のあちら

むかうから匂ってくる、
山椒《さんせう》の木《き》の芽《め》が。
わたしは溝ぎはに立ってゐる、
さみどりの日中《ひなか》に。

いい娘《こ》はついと隠れる、
山椒の木の蔭に。
白い家鴨《あひる》が羽ばたいてゐる、
山椒の木の下で。
わたしはいつまでも待ってゐる、
さみどりの日中《ひなか》に。

水馬

いい晴れである、
流れには水馬が飛んでゐる、
わたしは晴衣《はれぎ》も着せてもらった、
いい日曜である、

野の風もふくらんでゐる、
誰かに見せたい身のかろさである、
それでもひとりで遊んでゐる、
水馬もひとりで飛んでゐる。

野の羊

野っぱらはいいな、
いつ来てみてもいいな。
おや、羊がゐるな、
放ち飼ひだな、
だが独りだな。
いい毛なみだな、
見てやる者もないのだな。

饑《ひも》じさうだな、
だが恨《うら》まない眼だな、
俺も未《ひつじ》のうまれだな。
おや、羊の背《せな》に紫の斑《まだら》が揺れたな、
ああ、辛夷《こぶし》の花の影だな。
野っぱらはいいな、
さびしくていいな。

ひなた

素直に日向《ひなた》を掘ってゐる、
そのうちいいこともある、
山蘭のしろい匂ひがする。

目醒め

いい夢を見残して、
すがすがしいこの寝醒めに
草のにほひを吹き入れる風、
蚊帳《かや》を透かせば
さみどりに、空も揺れてゐる。
ああ、幽かに
朝のピアノが鳴ってゐる。
幸な、幸な漣《さざなみ》が
わたしの胸をゆすってゐる。

遠い母に

遠いお母さん、

夜明けの雨に
お隣りの時計が鳴ってゐます、
快《い》い音です、
遠くで、幼な児が話してゐます、
まるで小鳥の囀りのやうです、
きっといいお母さんでしょ、操《あや》してゐます、
静かな、静かなその声は
山の祭の笛のやうです。

遠いお母さん、
この家へ移って来て、
これが初めての「おめざ」です。

母のこゑ

夜風《よかぜ》に
葦《よし》がそよぐよ、
よしきりがなくよ、
故郷《くに》は遠いに、
お母さの声もするよ。

遠雷

驟雨《しうう》はもう、あのあたりまで来てゐる、
しづかな遠雷がして
そよぐ木の葉、
心にも幽かに反響《こだま》するものがある、
いい戦《おのの》きと匂ひが空気にある、

小鳥よ、やどりをきめて鎮《しづ》まれ、
慰めはあの雲に乗つてゐる。

五月

風はほろほろと酔ふ、
吹かれるものは
みな恍《くわう》として感染する、
南方の美しい熱病のやうに。

楓わか葉も溶けて流れて
蔭さへも蛍いろに明るい、
哀歓のこころが
ひつそり点《とも》りでもしたやうに。

憂鬱な散歩

欅林《けやきばやし》に入れば
欅若葉のこまかな揺れ、
風もさみどりに溶けるあたりは
紅鶸のこゑもたかい。
ああ、それでも足もとは湿《しめ》って
冬のままの朽葉の層に
蜘蛛の囲《ゐ》がきれぎれにからんでゐる。

欅林を出れば
青空をせんせんと輝《かがや》き流れる白雲、
真近かな山が、おほらかに
海鳴りの反響《こだま》をかへしてゐる。
ああ、それでも路ばたの葉がくれには
枯れた黒い木の実がのこり、

影の薄い羽虫がうなつてゐる。

丘をゆけば
むかうの崖《がけ》の査子《しどみ》の赤さ、
燃えるやうな赤さ、
ああ、それでもこの笹の根かたには
しほしほと何か幽かに
日蔭の花が咲いてゐる。

武蔵野の雨

群鳥《むらどり》を追ひながら
どの土地を濡らしにゆく、
月の夜ごろを掠める雨、
櫟《くぬぎ》の匂ひのぷんとする雨、
武蔵野の雨。

野茨の声

この夕靄に溶けてゐる言葉、
白い野茨《のばら》の花から
しづかに匂って来る言葉、

これだ、この秘密だ、
ながいこと尋ねてゐたのは。

野茨よ、野茨よ、
この素朴で声のない言葉。

白鷺

白鷺は

さうれいの気をつらぬいて啼く、
地平をのぼる陽《ひ》とともに。

白鷺は
羽ばたき、羽ばたく、
蘆の葉をふるはせて
水のしづくを、真珠のやうにふりまく。

それも束の間、
白鷺は、ひかりのなかへ
影のやうに消えてしまふ。

早春

けさの雪は、
処女の素足に

うっすら染みた蓬《よもぎ》の匂ひがする。
けさの雪は、
ゴム靴で踏みしめると
女の唇《くち》で鳴る海酸漿《うみほほづき》の音もする。

あたらしい木

しののめに
白樺の処女林に入り
あたらしい木をきれ、
汚れないものよ。

夜の霧の音楽

夜の霧に耳をすませば、
つめたい髪の音がする、流れ藻の
水を梳《す》く音、
無数の絃のあひ触れて
ふるへひろがる音がする、
揮発性の香料の
かすかに湧きたつ泡の音、
あをざめた木蓮の花びらが
霊魂の翳《かげ》をうつして
ひんやりと散る音がする。
ああ、かぎりもなく幽かな
夜の霧の音楽。

秘密

うすものの霧にほのめく

処女の乳《ち》くびは、
曙《あけぼの》にほころびかけた薄赤《うすあか》い蕾《つぼみ》、
母胎から故しらず受けついだ擽《こそば》ゆい秘密の瓣《べん》、
そと触っても生命《いのち》の流れが
総身《そうみ》につたはる電気のボタン、
桜実《さくらんぼう》のやうにくるくる緊《は》ちきれて
楽欲のこころよい悩みに喘《あへ》ぐ
ふかしぎな恍惚の吸盤。

言葉

撫愛のなかの
おまへの言葉は、
薔薇いろに烟《けぶ》って
香料のほめきのやうに
狭霧《さぎり》のなかに溶けてゐる。

わかれる時の
おまへの言葉は、
夜《よる》見る金《きん》の像のやうに翳《かげ》って
蛾のやうに羽搏《はばた》きながら
落葉とともに散ってゐる。

月光と女と落葉

お聴き、
団栗《どんぐり》の実《み》のゑみ割れるのか、
ぱらぱら雨か、
青銅《からかね》の小さな鈴《すず》か……
褐色の乾いた音がして、
ほら、樹だちから
秋の木の葉が降って来る、

降って来る。

ごらん、
落葉は月光のしたたりに濡れて、
銀色の魚のやうに
閃《ひら》めき、ひるがへり降って来る、
おまへの白い頸《くび》に、胸に、肩に落ちて来る、
そして、おまへの沈黙は
憂欝な金《きん》の心となる。

女よ、
あひびきの終りの
何かしらやるせない身には、今、
ひえびえと、流れ藻のやうに霧がめぐり、
二人のさびしい影にも
月のあかりが青青と沁みとほる、
おまへの唇も顫《ふる》へてゐる。

女よ、
さあ、別れよう、
月のあるうちに、互《たがひ》の影が薄《うす》れぬうちに。
落葉は積る雪のやうに
今に二人を埋めてしまふ。
夢みるやうな謎の眼をあげて
女よ、別れをいふがよい、
ああ、それとも
落葉にうもれて眠らうか、
いや、いや女よ……。

隠れ家

髪を吹け、髪を吹け、

微風《そよかぜ》よ、
夜夜《よるよる》の霧の流れに
果てもなく漂はせてくれ、
遠い恋人の髪を、その匂ひを。
追はるる者の如く日を怖《おそ》れ
さすらひ疲れた魂は、
いつの日か、夜の霧の隠れ家をおとづれよう、
そこに漂ふ緑の髪に捲かれるために、
孤独な肉体に青い紗の帳《とばり》をひいて
いつまでも匂ひよき夢と埋《うも》れるために……。

断章

一

せんだんの林にひそめば

せんだんの薫り衣《ころも》を染めぬ、
こころを染めぬ、
かの人をつれて来まほし、
せんだんの林の奥に。

二

憧《あこが》れのこころ
みたす術《すべ》なし、
いたづらに枇杷の花咲き、
みぞれ降り。

三

貧しくて麦は食《くら》へど
きみとあふ日のあでやかさ、
石榴水《ざくろすゐ》もて口漱《そそ》ぐ日のあでやかさ。

四

月の夜にきみと逢へば
蔭《かげ》うすき木はあはれ、
枯木はあはれ、
秘事《ひめごと》をおほふよしなき。

五

しみらにも
くちづけの匂ひとなりぬ、
月の夜の沈丁花。

六

素馨《ヂヤスマン》のうつり香の
指さきにほめくも、あはれ
君とわかれて、
この月の夜は
おもひも青く燻《く》ゆる。

七

うつり香は
朝にかぐべし、
青梨いろの海のごとくに。

八

真昼、われらの蓐《しとね》となりし
金《きん》の木の葉もあをざめて
わが蹠《あなうら》に湿《しめ》らへり、
夜霧も湧きて流るるか、
この冷えびえと翳《かげ》るおもひに。

九

せめて、蓬《よもぎ》のにほひよ、
野の雨に
わかるる。

十

月の夜に
無花果《いちじゆく》の木を攀《よ》ぢて
無花果の実をもぐ男、
あはれ、あはれ実をもぐ男。

十一

杉の実の緑、
緑、緑、
緑をつぶす爽やかさ、
しんしんと山奥の匂ひを放つ。

十二

はつこひ人は遠きゆゑ、
風そよぐ薄《すすき》が原に
昼見し月のわすられず、

いつまでも
いつまでもわすられず。

十三

そよ風よ、
海こえてゆけ、きみが家《や》の窓に、
そよ風よ、
きみが眠りを偸《ぬす》み来よ、
しのびて、しのびて
そよ風よ。

十四

光の薔薇よ、
白日の霧よ、
薫れよ、薫れ、
きみが睫毛《まつげ》の
ほのかなるそよぎにも。

十五

蛍よ、明れ、
好色の
わが貴婦人の肌の黒子《ほくろ》に。

十六

かりそめに、
路のほとりに
むかしの人とゆきあへば、
いと淡く、肉桂の香《か》ぞほめく、
また、ふるさとの海苔《のり》の香も、
ただそれほどの女《をみな》なり。

十七

銀座舗道に
柳の影のほろびしごとく

なにやらさびしよ、
むかしの人とゆきずりて
心にかげの残らぬ。

十八

いかがせむ、
さかづきの琥珀の液に
ふと翳《かげ》る緑の影を、
灯《ひ》にくるめきて
かげろふの羽ばたく影を。

十九

浜の陽炎《かげろふ》、
すれすれに飛ぶは羽虫か、
うつらうつらに見つつ
ひとり潮風に吹かるる。

二十

月夜の杜に
弾《はじ》け飛ぶは木の実か、
何の木の実か、
とらへがたなき現《うつつ》よ。

二十一

秋のまひるに眼とづれば
眠りの中に鐘ぞ鳴る、
紫蘇《しそ》の秋めぐる二年《ふたとせ》
便《たよ》りなし、便りせよやと
ふるさとの鐘ぞ鳴る、鳴る。

思ひ出

はるかなる思ひ出は
縋《すが》るすべなし。
せめて嗅がなむ、
青葉わか葉の陽《ひ》のにほひ。

傷心

月あをむ
蘆はらに来て
聴き入るは、
海の遠音《とをね》に
絶えつづく
こほろぎのこゑ。

こひ人よ、
おんみは遠く、

わが心、秋風のなかに棲む。

江波の浜辺の

江波《えば》のはまべの岩かげに
ひそみて独《ひと》り牡蠣《かき》うてば、
潮の香《か》ふかきが泣かれけり、
けふもあはれず来《こ》しゆゑに。

註「江波」は郷国安芸にあり、瀬戸内海にのぞめる一漁村。

あすの日も

あすの日も晴るるきざしか、
われらが恋もうらやすきか、
安芸の小富士の峰の秀《ほ》に

ゆふやけ雲のあかれるは。

註「安芸の小富士」は似之島の俗称、瀬戸内海にあり、形富士に似る。

草寺に

草寺に佗びて住まへば
苔の花かげり咲きけり、
明け暮れにあはれと見つつ
わがこひとともに秘めけり。

浜ひるがほ

ひとり来て、
砂に涙のしむ音を
浜ひるがほにも聴かれけり。

蛍

きみがその薄きなさけも、
夏くれば涼風となり
はた水となり、
夜な夜なを蛍や流さむ、
きみがその薄きなさけも。

涼雨

月あかる夜を雨は過ぎけり、
さやさやに小竹《ささ》もゆれけり、
蛍火も流れさりけり、
きみも行きけり。

月あかる夜を雨は過ぎけり、
ぬれてわれのみ野に残りけり。

雀の子

杉菜にそぐさみだれは
みどりこまかに煙《けぶ》らひぬ、
杉菜にこもるすずめ子の
しばなく声に日も暮れぬ。

夏野

夏野きてしじに渇けば
路ばたに桑の実をもぎ
水の辺《へ》に酸葉《すいば》をさがす、

この心いとけなきより
日と共にいよよ新らし。

青き果

無花果《いちじゆく》は
わが軒に蔭をつくりて
昼の憩ひを涼しくすれども、
その青き果の
いつまでも青きは哀《かな》し、
小鳥ら日毎もとめきたり
日毎むなしう去りゆけり。

ふるさと

朝かぜに
こほろぎ鳴けば、
ふるさとの
水晶山も
むらさきに冴えたらむ、
紫蘇《しそ》むしる
母の手も
朝かぜに白からむ。

この朝のなげかひは

この朝のなげかひは
いともしづかにあらしめよ、
空に鳥なき、

風は木の葉にさやぐとも、
この涙
しづかに砂に沁ましめよ。

内　海

浜はしづかに潮みちて
藻草も昼を薫りけり、
これかや父の、母の海、
涙ながれてとめあへず。

海とこほろぎ

大海《わだつみ》の遠鳴りのなかに
われは聴く、

こほろぎの
かぼそき音《ね》いろ。
こほろぎの音《ね》いろのなかに
われは聴く、
とどろなる
海の遠鳴り。

秋昼

けやき林の奥のあかるさ。
銀笛吹かば
すみて徹《とほ》らむ。
その音《ね》いろ深く、かなしく、
落葉にかかる
蜘蛛《くも》の巣のかぼそき糸も
白金いろにふるはさむ。

秋のおとづれ

秋ともならば、朝な朝なに
よき伯父は
白馬《しろ》にまたがり、
颯々《さつさつ》とおとづれて来む、
むさし野の
森のかたより
待ちわびし蹄《ひづめ》や鳴らむ。

唄

霧におぼれて
さまよへば、

落葉は幽《かす》か
身もかすか、
涙にしめる
わが唄も、
おぼれおぼれて
はるかなり。

野茨の道

夕闇に花しろじろし野茨《のばら》の細道、にほひの道、われやひとり行きつもどりつ、行きつもどりつ、貧しくはあれ何となき幸《さいはひ》をおもふ、明日《あす》は弟も来るといふ。弟が来なば、明日《あす》も晴れなば、この細道に伴はめ、五年《いつとせ》ぶりに手とりてやらめ、弟も、よき若者となりたらむ、何かしあはれも知りたらむ、そは兎まれ野茨《のばら》の道は、まして丘への細道は、兄と弟がすれすれて行くにふさはし、ほつほつと語るによろし。

野あそび

つれだちて野には来つれど、たまさかの野あそびなれど、病む妻の笑ふとはせず、さあれ日の陰《かげ》るともせず、辛夷《こぶし》の花の今さかりにて、徒らに風うららにて、妻あはれなり。しかはあれ、妻は立ち寄り指《ゆび》さしにけり、ほれぼれと仰ぎ見にけり、片丘かげの辛夷《こぶし》の花を、影うけてかうがうしくも寂びたる花を。ああ、言はね笑はねうれしき妻ぞ、わが妻は。笑はね言はねうれしき遊びぞ、この野あそびは。

日の暮れ

妻病みて、医者をよぶとて、日の暮れの巷路《ちまたぢ》ゆけば、こがらしに吹かれてゆけば、みちばたの小暗《をぐら》きに、ほのじろき水鉢に、水仙の芽のさむざむあかりぬ、わが胸もややにふるへぬ、ふるへつつ、見やりつつ、巷路《ちまたぢ》をとぼとぼゆけり、こがらしに吹かれてゆけり。

山道

日の暮れの雨に濡れつつ、卯の花を裾にちらしつつ、山道をひとりし行けば、泥濘《ぬかるみ》に難《なづ》みつ行けば、波の音いよよ高まり、あらし雲いや低う垂れ、樹も草も揺れて繁吹《しぶ》けり、天地《あめつち》も晦《くら》くなりけり、かかる時われやおもひぬ、小鳥にはよき塒《ねくら》あり、遠方《をちかた》にわが家もあり、吾《あ》を待ちて灯《ともし》ゆらぐと、旅なれば、雨の夜なれば、すずろに里のこひしき。

旅

日はあかり、
また陰《かげ》りけり。
山あひの麦の青さの
しみじみと胸にしみけり、
ひとり峠《たうげ》の路をゆきけり。

春来れば

春来れば、
鳴立沢《しぎたつさは》の磯寺の
潮のかをりのそぞろしのばゆ。
磯べには、筆草《ふでぐさ》とやらも生《は》えつらめ、
知る人はその草折りて、西行ならね
世の儚《はかな》ごと砂のうへにも書くならめ。
春来れば、鳴立沢の磯寺の
その磯砂もそぞろしのばゆ。

天の川

天の川しらむ夜ごろは
蘆の葉の露もしとどに

我妹子は薄衣《うすぎ》かこちぬ、
なか空ゆ声の見ゆるは
はや秋の鳥わたるらし。

赤き屋根

——小田原谷津にて。

野茨《のばら》の道をすぎゆけば
師の家ありとわれ思ふ。

野茨《のばら》の道をすぎゆきて
裏山づたひ、藪ぬけて
けやき林のかなたなる
赤き甍《いらか》の見ゆる辺《へ》に
われや幾たび忍びけむ、
訪《と》はで幾たび帰りけむ、
いつも日ぐれの帰路《かへりぢ》に

著莪《しやが》は寂しき花なりき。
野茨《のばら》の道をすぎゆけば
師の家ありとわれ思ふ。

丘の道をゆきて

「松虫草を、きみ知るや。」
「否。」と応《いら》へて、うれしかりけり、
うれしかりけり、かりそめ言《ごと》も、
久にして宣《のら》したまへば。

哀傷篇

わが夜はながく

あまりにも暗ければ、
せめて、あけぼのは
浜べにゆかむ。

ひとなき浜にみつる
潮かぜに
このためいきをおひやらむ。

波のしぶきを
肌にふれ
よみがへる気を吸はむ。

海の底より
鳴りいづる
あかつきの鐘をきかむ。

なみだをさめて、

水平にあらはるる
第一の帆を待たむ。
げに、あけぼのは
浜べに行かむ。

桜あかり

わが涙
いたづらに風に吹かせて、
ああ、れうらんたる
さくらあかりよ。

地のこゑ

あをぞらに
微笑《ほほゑみ》の影はあれども、
ほろびゆくもののこゑは
地《つち》にみつる。

樹の枝に
ひぐらしの
たえだえなる、
すがれたる朝顔の葉かげに
こほろぎの
ほそぼそなる。

あをぞらをのぞみて
歌はうたへど、
わがこゑも
ひかりのなかに
かなし、微《かそ》けし。

貧者の葡萄

——ふるさとの貧しきはらからに寄す。

ちちのみの父
ははそはの母、饑ゑ《う》に泣くとも
いかがせん、われも貧しく。

われらはらから
声をかぎりに泣きいざつとも
地のうへにみな死するとも
こともなし、大空は
かばかり青くはれわたるのみ。

泣くなかれ、
あはれ、はらから、
この朝のすがしきに
貧しき兄が朝餉の卓にすはらずや、

美しき葡萄の房に見入らずや。

これはこれ、
この秋に兄が得し収穫《とりいれ》にして、
つぶら実のひとつびとつに
わが秋の歌をこめ、
わが虔《つつま》しき悲願を封じたり。

げに、われは
錬金の狂者のごとく
夢想のなかに耕したり、
これらの幾房を得んことに
げにも、うき身をやつしたり。

されば、弟よ、
この紫の明るく透《す》ける果《み》を吸へよ、
何かしの韻律は流れ出でんを！

また、妹よ、
そのみどりなる二つぶを
なが耳につるして踊れ！
耳環のごとく揺れ揺れて
つぶらなる実は
青空に触れて鳴らんを。

あなあはれ、弟、妹よ、
これをしも愚かとおもふや、
われらなほ饑《う》うるといふや。

嫩草

ひかりのなかのわかくさは
ごむのをぐつのふみごこち。

ひかりのなかのわかくさは
かうぞのむちのはねごこち。

寂しき花嫁におくる

鳴りいづる午の鐘、
風すずろかに、ゆるる薔薇《ばら》。
六月の野に声なき讃歌《ほめうた》おこり、
まぼろしの女神われらが径《みち》を過《す》がひぬ。

透ける裳《もすそ》は花に埋《うづ》もれ、かつ消えて、
後《あと》には聖き薫りのみ。
寂しき花嫁よ、今ぞ華燭《うきゆひ》の宴をはらむ、
賓人《まろうど》はなけれど、薔薇《ばら》は空にも咲きあふれたり。

われら夢みる者は水にさへ酔はむ、

踊らざれど、華やげる饗宴の心とならむ、
歌はざれど、よき言葉、花粉の如く散らばはむ、
沈黙《しじま》なす光のなかに。

ああ、今ぞわれら永遠《とこしへ》につらならむ、
薔薇《ばら》は空にも咲きあふれたり。

影

月病める
地の涯の旅をゆき、
風さむき野には立てど
われはもつ、わが影を。

海　音

巨人あり、
おごそかに、ほら貝を吹く、
一日《ひとひ》われ、海辺にたちてそを聴けり。
そはひろごりて、渚に、岸に、
雲の際《きは》まで反響《こだま》する
大古の音いろ、
あやしき海の唄なりき。
——唄は語りき、きれぎれに
生を死を、
昔を今を、
なべての国の言葉なき言葉もて。
をりからの落日《らくじつ》に
水平のかた、ノアの方船《はこぶね》あらはれ隠れ、
コロンバスの帆船かがやき消えぬ、
現身《うつそみ》は涙にぬれて幻のごとく。……
友よ、この不思議なる法螺貝《ほらがひ》を聴かんとするか、

そが秘めたる唄ごゑを、
青き、はた薔薇《ばら》いろの息吹《いぶ》きをば。

さらば行け、海のほとりに、
心むなしく眼を閉ぢて、耳を澄ませよ、
巨人あり、おごそかに、ほら貝を吹く。

夜の虹

今をかぎりに
そのつぶらなる眼《まなこ》みはりて、
恋人よ、見よ、
真近かの夜ぞらに
あやしくも美しき虹は懸れり。

この虹を見るものは

盲《めし》ひて死すと伝へられ、
人みな怖《おそ》れて深々と帷《とばり》をひき、
この夜ごろ安らかの眠りにつけり。

さるを恋人、汝《なれ》と吾《あ》とのみ
目覚めて悲しくこの虹を見る、
邪淫の臥床《ふしど》に身を伸《の》して
この七色《いろ》の妖光を見る。

ああ、白日は、今、落葉とともに
雪の地平に埋《うも》れて帰らず、
あけぼのに晒《さら》すは
盲《めし》ひて爛れし
われらが二つの屍《かばね》のみ……

さあれ、戦《をのの》くをやめよ、恋人、
この虹のうつろはぬ間に

ながめつくさむ、
歓楽は短く
滅びの闇のよしや睫毛《まつげ》に迫るとも。

ああ、今をかぎりに
つぶらなる眼《まなこ》みはりて、
恋人よ、見よ、
真近かなる夜ぞらの
かのあやしくも美しき虹を。

失恋秘章

——或る物語の序詩。

わが清教徒の日に
こひし処女《をとめ》、
金柑の林にわかれを歎き、
未来をちかひ、

銀《しろがね》の十字架と白き薔薇
形見《かたみ》に、去りぬ。

ちかひの言葉
秋の日の香爐のごとく
すがしくも浄《きよ》ければ、
そのかをりうつろはぬ間《ま》に
そを銀《しろがね》の十字架に添へ、
金柑の林に埋めぬ。

幾日ならず
白き薔薇は枯れ、
月はるかなる呼笛《よびこ》を吹けど、
去りにし人はかへらず、
現身《うつそみ》は、風歔欷《すすす》る蘆原の唄にこもり、
こころは空しくもとめて
黄昏の街《まち》をゆきかよひき。

かくて、幾月
海のかなたの遠国に
こひ人は現世《うつしよ》の春の貢《みつぎ》を享《う》け、
白き墓標に
真珠の首飾もて縛られぬ。

その日より
わが棲める黄昏の蘆原に
夜明けなき夜はきたりたり、
草樹を折りて、暴風《あらし》はすさび、
花を傷《やぶ》りて、雨は過ぎ、
獣《けもの》ら、喊声《とき》をあげてさまよひき。

——されば、わがこころ盲ひたる乞食となりて
冬雨の巷に飢ゑ、
また色狂の犬ともなりて毒草園の実《み》を漁《あさ》り、

或《ある》はまた、流人《るじん》となりて
遠国《をんごく》の海に漕ぎ出でぬ。――

かくて、一日《ひとひ》、憂欝の牢獄《ひとや》を出でて
不浄の身を雪にそそぎつ
わが清教徒の日をおもひぬ。
祈りの涙、繁ければ
かの白薔薇の処女《をとめ》をもとめて
金柑の林にゆきぬ。

……枯れ果てし林の奥《おくが》、
雪を掘り、朽葉をわけて
われは見出でぬ、かの日の処女《をとめ》を。
歎きのなかに、われは見出でぬ、
――その銀《しろがね》の十字架は鏽び、
今はただ一本《ひともと》の朽ちたる釘のごときを。

『秋に見る夢』

孤独

朝となく夜となく、わたしはねむってゐるのです
秋の日の新鮮な夢をみつづけてゐるのです
なにかしら高い香気にむせんでゐるのです
父上よ、母上よ、それゆゑの不肖の子なのです
この子は青蜜柑のやうに孤独なのです。

たそがれに
蒼ざむい夕影に

かさこそと枯葉を鳴らして
駈けめぐるわが夢よ、
くるふとも、いざつとも、せんかたのない時の流れだ。
月のあかりにうたふとも
こゑはすがれて、毀れたる木笛のごとく
水に顔をうつすとも、見る影もないこのおとろへだ。
ああ、いまは余所《よそ》のみどりのそらを見てめぐるのか
なつかしい向日葵《ひまはり》の花は、夏の日は。
どこのあたりへ消えていったか、しろい虹は、蛍時《ほたるどき》の歌は、
青草のむすめのかげは。
すべては空《くう》だ、今は秋だ、
おろかしいわが夢よ、
隣りは冬だ、雪にうもれてねむるのだ。

青蜜柑

湯あがりの肌のさむさよ
みかんの青さよ
甘酸《あまず》ゆき香《か》にむせて今はひとりよ
埋め火も消えはてて夜《よ》の壁の影もひとりよ。

さかだち

かなしや
足のさき　茜《あかね》の空を指《さ》したり、
ひとりあそびの
逆《さか》だちに。

こゝは枯野、たゞ入日　たゞ風

さかさに歩む影もあやふし　たゞ一つ、
啼けよ　百舌《もず》、
足のさき　いつまで空を指《さ》すものぞ。

枯野にて

野を焼かん心しじなり、
ふるとなく
曇る日ぐれは
マッチすりつつ。

短　日

短い日あしに
こがらしの影がうつるよ、

焼野を　斜めに
すぎるは鶇《つぐみ》よ、

そのゆくかたは
黝《くろ》ずむ山脈《やまなみ》、

遠茜《とほあかね》よ。

夕 餉 時

貧しい夕餉するときに
いつもけ寒《ざむ》く眼に入るは
夕焼雲の空を指《さ》す
あの避雷針の金《きん》の尖。

パンと歌

パンを裂くその手をもちて
ひたざまに歌をかきつつ、
その歌をひさぎて、またも
手にするは、あはれパンのみ。

巴旦杏の枝

われは見たり
巴旦杏《はたんきやう》の枝ながれて光となるを、
鶸《ひわ》ありてそを追ひゆくを。

鶸

梢には
　花、
鶸《ひわ》のこころもあかるみて
遠山脈《とほやまなみ》をあこがるる。

あこがれは
　また
山のかなたの蒼空に
無きかのごとく閃《ひらめ》くもの。

ああ、鶸は
　霙《みぞれ》の日より
わがむねに
巣くひそめけり。

梢頭

雲は光をはらみて
さんごじゅの梢《うれ》をうかがふ、
その梢に
花さく日まで。

栗の木

さびしき丘の栗の木
朝《あした》の星のあかりに
青き衣の人を待つらん、
花さく頃はひとしほ。

秋さく花

なにかしらねど、秋さく花は
なまじ日なかにみればさむしよ。
真紅のダリアは宵のしぐれに艶《ゑん》だちてこそ、
菊はしののめ、
めうがの花は月の夜にこそ。
人のこころはさまざまなれど
影、湿《しと》り、朧ろのなかに明かるこそ
秋さく花のこころなれ。

青眼

やなぎは水にうつりてなびき
しらうをのかげにまじはる、

かぜにながれてあそぶもの
秋の日のあきつのみかは、
青眼《せいがん》にみよ、いづれはゆかし
しら菊に椎《しひ》の木のかげ
椎の木に二日月のかげ。

あやふきもの

ふきの葉のかたむきて
なほしろきつゆをためたる
あやふきぞげにもあやふき、
わがいのち、わがくらし
わがこひもわがうたも。

冬

ひるをひねもす
草を焼き　草を焼き
この身の冬をくゆらせぬ、
一すぢに
そのけむり絶やさじと
草を焼き　草を焼き……

一隅の冬

茶碗のなかの
こほろぎの
朽木色せる身のほそり、
凍《いて》てうごかぬ

触角に
冬はしみしみ光りけり。

幼きころの五月

草餅の香《か》はよろし
しろき木皿も、
雨となる昼の茶時に
なつかしや
幼きころの五月あかりぬ。

菖　蒲

こころつねに若やぎてあれ、
菖蒲の花のひなたに。

青瓜

すずしや母のこころ、
青瓜の
露けきこころを捥《も》ぎたまふ。

燈

幮《かや》すけて
みる
草のゆれ、
ゆめ
うつつなる
朝靄に

燈《ともしび》
のこる
すずしさよ。

雪と地の子等のねがひ

雪ふりつもる朝は
よろこびもともに降るなり、
いやさらに深かれよ、白かれとこそ
願《ねぎ》ごころ地には満ちぬれ。

雪の歌

雪の深きをよろこぶは児等

恋の深きをねがふは誰ぞや、
雪の深きをよろこぶこころ
いつまでも、いつまでも失せであれ。
雪の深きをよろこぶこころ
げに神ぞ地の子等にめぐみたまふ、
罪の深きを泣くは誰ぞや
げに神は雪を心にも降らせたまふ。

をさなかれとも

をさなかれともねがはぬに
などかをさなきわがこころ、
柑子《かうじ》の梢《うれ》にのこる果《み》の
いつまで青きわがこころ。

をさなごころは

をさなごころはいつまでも
柑子のはなの香《か》をとめて
なにか哀《かな》しく甘酸《あまず》ゆく
秋になる果《み》をあこがるる。

童子

あをぞら　こぼれよ
大日輪のひかりにとけてしたたれよ
わかくさの童子ら
双掌《もろで》うけたり。

前の日

ゆすらの木にも花咲いて
あすはたのしい誕生日、
あす着る晴衣《はれぎ》けふ着《つ》けて
山椒《さんせう》の若芽つみにゆく、
あすは四月の十八日。

不思議

幼なごころに
ゆゑしらずわれは愛しぬ、
淡紅《うすあか》き豆の花の何となき不思議さを
ほころびかかる花びらの何となき惑はしさを、
女子《をみなご》は豆の葉をふくらませ

たはむれてわが額《ぬか》にうちつけぬ、
こころよく豆の葉の弾《はじ》くる音に
ゆゑしらず、また驚きぬ、

……………………………

われはただ豆の花むしりてながめ
女子《をみなご》はただただに豆の葉をふくらませ
豆畑《まめばた》に、ああ、かくて日を一日《ひとひ》
あそび恍《ほほ》けぬ。

麦畑

みどりの麦の畑《はた》なかを
か行きかく行き
われらたがひにあらそひて
いちはやく雲雀《ひばり》のふる巣を見出しぬ、
雲雀の親を、その子等を

いたちの穴を、蛇の卵を。
その麦の熟《う》れしころには
また、われらたがひにきそひ
いちはやく黒穂《くろほ》をさがして数を誇りぬ、
麦笛つくりて
高らかに吹きも鳴らしぬ。

ああ、かかる日の
発見の驚きと、また歓びの新鮮さ、
蒼空はかかる日にこそ懸りゐたれ。

夢の花火

眼を病みて久しかりにし
夏のゆふべを
河原に揚ぐる爆竹の音

あくがれてわれはききつつ
むしあつき臥床《ふしど》にありき、
眼帯はとるによしなく
いざちつつ、われは泣きにき。
賺《すか》されてなぐさめられて
母うへに寝かされたれど
わが思ひなどかやみなん、
夜の夢にわれは見にけり、
げに美しき打揚げ花火、そのかずかずを、
花火ちるその下に
かりそめに想ふ娘《こ》の笑《ゑ》みて立てるを。
あはれ、夏の夜の
夢の花火の
いかばかり現《うつつ》のそれにまさりたりけん、
うつつも夢も、おしなべて、今は遠きむかしながら。

ガラスと赤き花

透きとほる秋の日の
白き閃き、
ふともしてわれは思ふ
あやまちて毀したるかの窓ガラス、
人気《ひとけ》もなきに怖ろしかりし
かの鶏頭の赤き毛の花。

かくれんぼう

穀倉に、年上の娘《こ》と
かくれんぼうをせし日より
われ女子《をみなご》をおそれ初《そ》めにき、
われ女子を慕ひ初めにき。

影法師

狭霧《さぎり》に映るわが影法師を
月の夜に見て魂《たまげ》消しは
五つの秋のころなりしか、
その日より　かにかくわれに影あり
わが生に影あり。

隣の雪

隣の雪はいやさらに深し
いやさらに白し
隣の雪はいやさらに清し
いやさらにうまからん、
隣の雪を欲しとおもひぬ、

わが家《や》の雪を食うべつつ。

朱いろの裏の外套

——この一篇をゆくへも定かならぬ放浪の叔父にささぐ。

われ小学校に入りし頃より
毎年の口癖に叔父はいひけり、
「朱の裏の、金《きん》のボタンの外套を
この冬こそは買ひあたへん」と。

われ幾冬を夢みたりけん
雪ふれば燃ゆるがごとき朱の色を、
雨ふれば、また
ぬれそぼつ金《きん》の光を。

酒のみて、さすらひて、満洲の野をゆく時も
なほ叔父はたよりして忘れざりけり、

「朱の裏の、金《きん》のボタンの外套を
　この冬こそは買ひあたへん」と。
「宿無しよ、文無しよ」縁者らはかく嘲《あざ》めども
「無頼漢《ごろつき》よ、放蕩者よ」とみな罵れども
われにはまたなく善き叔父なり、
げに、われは夢をこそ叔父に享《う》けたれ。

われすでに三十の齢《よはひ》を過ぐれど
冬くれば、なほ夢みがちなり、
朱の裏の、金《きん》のボタンの外套の
あはれ、げにいつの日にきたるやと。

曇る木

ゆうかりの木は曇りてひさし、
みぞれする日はひとしほに

脳に沁む重きにほひを
いひしれず寂しとおもふ、
またおのが独り遊びを。
赤錆びしゆうかりの落葉
ゆゑもなく拾ひ集めつ、撒きちらしつ、
その渋さをも
嚙み味はひぬ、
何やらん異国めくあはれさに。

雨の日

雨の日は　何となくわれに親しき、
うとましき体操もやすみなれば
教室にひねもす籠りて、一斉に歌ひつれたり、
歌はひびきて　玻璃窓を曇らせつ
先生の朱机にけふもゆかしき

雪割草の白き花　ほのかにも揺《ゆす》りつつ
いづこへ行くや、うつつなきわがこころ
オルガンのゆれながき音波に乗りて
ゆゑしらず、霧くらきロンドンの都をぞ夢みたる。

古時計

よく燃ゆる火よ、
爐に弾《は》ぜてくゆりたつ焼栗の香《か》よ、
すすけたるランプの下《もと》に
幾人《いくたり》も顔よせて
はらからが秋の夜がたり
こほろぎも爐ばたに鳴きぬ、
うれはしき母うへなれど
ときをりは、縫物の手をばやすめて
顔あげて笑《ゑ》ましたまひぬ、

はらからよ、よく燃ゆる火よ、
今もなほわすれがたきは
かかる夜に聞きなれしかの古時計
たゆたにうちし十二の音よ。

若き母の俤

紅《べに》つけて、母は待たしき、
日の暮れは何かいそいそ
柳《やなぎ》ちる河《か》岸《し》に立たしき、
吾《あ》を抱きて、こころも空に
のたまひき、「見よや、いとし子
はや一つ星は生《あ》れたり
また一つ、二つ、三つよ、
あはれ、子よ歌ひて待たん、
汝《な》が年と母の年ほど

星の数《かず》ふえもまさらば
父うへは帰りきまさん」
あくがれて、かくは待たしき、
紅《べに》つけてお白粉《しろい》つけて
うら若く母はおはしき。

ある晩の団欒

アメリカ伯母さま帰られた、
肉桂の香《か》がいたします。
母さま畑《はた》から帰られた、
土の匂ひがいたします。
父さま川から帰られた、
水の香りがいたします。

みやげはチンカラ歌時計、
あがりは白魚、青い萵苣《ちさ》。

古風な日本の晩食に
三つの匂ひが寄りました。

橋

茱萸《ぐみ》の果、水晶、団栗《どんぐり》ひろひ
山の帰りの見知らぬ小川
小川にかかったその板橋を
一人《ひとり》わたった、二人《ふたり》わたった、
三人、四人、さっさとわたった、
臆病虫がとりのこされた
一枚板の薄板橋
下をのぞけば深い水、

一足ふんで立ちどまり
二足ふんでひきかへし
橋が渡れぬ臆病虫、
「茱萸《ぐみ》の果いらぬ、水晶もいらぬ……」
しくしく泣き出す臆病虫。

雨の日の遊動円木

雨の日の遊動円木
びしょびしょ濡れて、ただ光って、
動くは低い雲ばかり。
雨の日の遊動円木
鐘が鳴っても、昼やすみでも、
ゆすぶるものは風ばかり。

雨の日の遊動円木
落ちる銀杏葉《いてふは》、ゆうかりの葉、
雀が吹かれて乗るばかり。

雨の日の遊動円木
びしょびしょ濡れて、もう日も暮れて、
八ツ手の花が見てゐるばかり。

風信子

ヒヤシンス蕾ひらけば
紫の花のよろしさ、
日向べに匂ふともなく
淡雪の春となりけり。

雪と風信子

ヒヤシンス薄日に見つつ
酒をくむけふの親しさ、
紫の花に触れつつ
さらさらと雪も散らへり。

春の目ざめ

春の目ざめの幽《かそ》けさよ、
ゆめをしたひてけさ巣立つ
小鳥のこゑもきこゆるに
きみのおもひのほのけさよ、
嫩芽《わかめ》にけぶる雨あしの
消ゆるともなく消えゆけり。

蕾

むすめごころの
あはれさは
あすさくはなのつぼみかも、
ふくらむひまも
香《か》にたちて
くれなゐふかうなりゆけり。

明るき時

五月みどりの風のいろ、
虫の透羽《すきは》も
かがやきぬ、
桐の花影さしそひて

うべなふきみの顔を見ぬ。

蓬

雲間がくれの
よもぎ草
わづかにみえしきみなれど
おもひそめたる
浅みどり
日に日にふかみ行く春は
つみて移して
よもぎ草
蓬の苦きこひもするかな。

惜春抄

すももの木蔭はありながら
すももの花はちり敷きぬ、
五月の寺の扉《と》のそとに
雪をあつめてただありぬ。

山の馬酔木

ところもしらず
名もしらず
おもざしさへもはやわかね、
山のあしびのはなさけば
おもひださるる
ひとゆゑに、

山の
あしびの
はなさかば……

出船

港は青い夢となる、
潮のけぶりに、遠靄に。
あすはきかれぬそのこゑの
こだまは山にありながら
月夜の出船の帆を追うて
行ってしまうた影の鳥。

泡

シトロンの泡の消ゆるを
透《すか》し見て、きみさりげなし、
秋の日のこひの淡けさ
すずかけの落葉しきりに。

秋風の唄

つれないものは
人ごころ、
山の日の入り、秋の風、
泣いて
わかれて
見かへれば

鳥も
吹かれて
ちりぢりと。

霜　夜

こよひのゆめはさむからん
しらさぎもややにあをみぬ、
しもおくあしのつきあかりに。
をちのかた
ひとりしてきみもいねます。

鷺

ふゆのみぎはのゆふあかり

はやきえぎえのあしのまに
ひそみてあをし鷺のかげ
あかるきかたをゆめみてか。

野葡萄

サファイヤいろの　野葡萄の
あまり明るき　この秋は、
時雨《しぐれ》せよ、せよ、枯草の
香《か》にたつほどを　泣かまほし。

秋　に

あしをとどめてしばしきけよ
さつさつとそらわたるかの秋風を、

むかしを呼ばふわがこゑなり。
をとめよ、しばしかへりみよ
かさこそとまろびゆくかの枯葉を、
おんみのうしろかげ追ふわがすがたなり。

赤き手の蟹

人もゆき
五月もゆきぬ。

わがこころなぐさめかねつ
朝涼の蘆辺をゆけば
赤き手の蟹は群れたり、
うちまじり愛《いと》しと見れば
逃げゆきぬ、われを厭ひて、
あはれまた蟹は蟹かと

人は人われはわれかと
磯づたひ、ひとりあゆみぬ、
人もゆき
五月もゆきぬ。

酒匂川

酒匂《さかは》の岸の
松林《まつばやし》
たそがれは煙のごとくかすみゆき
また青みゆく遠き山脈《やまなみ》、
瀬の音もいよよつのるに
おのづから
口笛を吹き
石なげて

ひとりあそびぬ、
波がしら白きあたりに。

冬日独居

山茶花の洩れ日に背向《そが》ひ
ふきすましたる鏡の面に
唇をそとおしあてつ
なやましく、接吻の時をおもひぬ、
くり返し　またくり返し
ひとり居のさびしさに
ひとりして道化ゐたり、
さびしよといふもおろかに。

白金流涕

――わかれゆきしこひ人いくとせののち遠き海のかなたよりまたわがふところに帰りきたる、その時の歌。

きみは海よりかへり来ぬ、
藻《も》の香《か》も高く
髪ぬれて
五月の風にかがよひつ。

きみを抱《いだ》けば
麗らかに
涙ながれぬ、裸身《はだかみ》に。

いまぞ知る
ああ、空の青、
向日葵《ひまはり》の花、鳥の歌。

うれひははやも日に溶《と》けて
麗らかなれや
この涙、
陽《ひ》の大神を拝《をろが》みぬ。

巡礼

重い足にはイスラエル風の草靴
かるい手にはリラの花
さてはまた樗《あふち》の花
それで、くちすさぶが純日本の葦の歌
けふも山かげ水のほとり
風のまにまにながれてゆきます。

夏夜小情

うきおもひ水にながして
夏の月夜の
さても身のかろさよ
すずかぜと吹き　ほたると飛び
山梔子《くちなし》のしろい花とも
にほひとも
かすかに流れてうかぶわたしだ。

三日月

あをぞらにうかんだ三日月のかげをながめて
雲の蔭から　鳥がおもった
――あれは白い小舟だらう。

水に棲む魚はおもった
——すゐれんの葩《はな》の一ひらだらう
あをぞらにうかんだ三日月のかげをながめて。

郷愁

ふるさとの雪は淡く、いつも　いつも蛾の影のやうに
磯べの波にきえてゐた、
日の暮れは焚火もわびしく
流木も牡蠣もわびしく
あこがれて、音戸《おんど》の瀬戸の遠鳴りを
都会の果てできいてゐた、
ふるさとの雪は淡く、今も心に降ってゐる。

『危険信号』

種子

わたしは棗《なつめ》の木にのぼった
風にふかれて
わたしは残る果《み》を捥《も》いだ
昼のあかりに、
わたしは熟れ過ぎの果《み》を食べた
爽かな空気とともに、
わたしは種子《たね》を吐き飛ばした

青い青い空へ。

潮音

海峡の雪を解かして
満ちよする
潮の響。

南は明るく
わが郷愁は重い、
鷗とともに出船の澪を追はうとする。

ああ、雲は吹かれて行った、
磯に翳ったその影も
波をこえ、波をこえ。

春だ、ほろぬくい大気がゆれる、
藻も、貝殻も香にたつ、
この丘の片明りに
三角畑の、あの蜜柑の木々も光る、
青い芽をふく。

棘のある巣にて

昨日は雪、北風。
樹は樹に　屋根は屋根に
「冬の王」の鞭をつたへた、
ランプはランプに　通夜する者の泪を知らせた、
米迦子《みかこ》、おまへは暗さにふるへてゐた、
わたしは幌馬車のやうに悲しかった、

うそ寒いランプを点して

うそ寒いランプを点して
霧のなかに浮ぶ十月、
ああ、遠く
風が青春の言葉を吹きちらしてゆく、
北の樹ずゑに、
時雨雲《しぐれぐも》は、はやくも呼ばれた。
愛するものよ、さうだ、
夏の日の豊かな酒瓶《さかがめ》は、わが手にむなしく、
蒼ざめた唇は、すでに良夜の銀笛を忘れた、
こころよい素馨の花束も、夢も
おまへの胸に凋れてしまった、
愛するものよ
やぶれた枯葉はおまへの髪にかかった。
ああ、うそ寒いランプを点して

霧のなかに浮ぶ十月、
蛾の羽搏《ばた》きは絶えて、骸《むくろ》は白い、
愛するものよ
やがて、われらも憩ふであらう、
霜の降る夜は、暖爐の傍《そば》で
かたみに胡桃《くるみ》を割りながら、ただ黙って、
思ふであらう、
思はないであらう。

雪と青春と音楽

——婚約成ったといふ年少の女友とともに、冬の一夕、
チャイコフスキイを聴く、その夜、その人に。

雪と青春と音楽！
おまへの白い手に、明日《あす》は薔薇がひらくのか。
　真蒼な夕影に暖爐があからむ、
　顔は匂ふ、

小さな舞踏靴がバネのやうに弾《はづ》む。
わたしは微笑で、おまへの後姿を見送るのか。
悲しいマズルカ、
わかれの鐘、
氷に響く鈴は橇《トロイカ》……

わたしは黙って、昨日《きのふ》の酒のほろ酔ひ気分を醒ますのか。
水仙の香も
透きとほるコップも冷たい、
噛んでゐるパセリも苦い。

ああ、雪と青春と音楽!
わたしはもう、おまへの眼に棲《す》む魔術を盗んではならぬのか。
見残したあの白い風景、
青山椒《あをざんせう》の新鮮な快楽、
早春が呼びかけるあの優しい声……

松の木の記憶

松の木に花の咲くころ
松の木は悲しい、
黄色っぽい粉《こな》がほろほろ……

松の木によく登ったあのころ
松の木のてっぺんに
青い海の響をきかうとした

あのころの、大人《おとな》びた癖は今も悲しい、
砂地に脱いだあの靴は
よし、あっても、今も小さい……

松の木に花咲くころ
松の木は悲しい、

黄色っぽい粉《こな》がほろほろ……
一ばん高い松の木に登れば
ひとしほ沁みた松脂《まつやに》よ、
磯の匂ひよ……

松の木の花の咲くころ
松の木は悲しい。

顔

萎れた花束はすてねばならない、
すぎて行った日はよびかへせない、
風も、雲も、
ゆきずりの恋も……
ああ、くれがたの遠景へ

かすかに消えて行った林檎の木、
顔……顔……顔……

今、こころの内をのぞけば、
そのガラス戸は曇って、朧ろに映る、
蒼ざめかかった薔薇いろのパステルが一つ、
たった一つ。

むかしは、そこに
幾人の顔が去来したかも知れないのに。

新月黙禱

ともしびを消せ、愛するものよ、
新月の節会《せちゑ》をただ二人で楽しまう。
はるかの山に

たれだ
笛をふくのは、
愛するものよ、この一瞬は、ただ古《いにしへ》を想はう。
世界はそよぐ青穂のうへに明るんで来た、
ただ黙さう、
祈りは新月とともにのぼる、
すずしい水楊《かはやなぎ》の枝のやうになびいて
おまへの髪が馨《かぐ》はしく煙って来た、
円光を放ってきた。

青梅哀吟

山襞に雪暗く
枯桑の畑《はた》なかは片明り、
街道をすぎてゆくガタ馬車のラッパのみ

ラッパのみ風に鳴る、
日の暮れはひもじくて　あさりつつ
なにかさは逃れさる夢ごこち、
巷《ちまた》よりわれは来ぬ、
ああ、青梅《あうめ》。

うち蒼み凍《い》て翳る町なかに
灯《ひ》のとぼる
旅籠屋《はたごや》の軒行燈、
錆色の板庇《いたびさし》かたむきて
剝製の鷹を吊る
いとなみのつつましさ、
乾物《ひもの》焼く香《か》もたちぬ。

いづくにか宿るべき、
人影も疎らなる　並樹路《なみきぢ》をゆきかへば
わが後《あと》に添ふ落葉、

篠懸《すずかけ》か、ひたひたの霧に浮く末枯木《すがれぎ》に
うそ寒き青馬の裸馬《はだかうま》つながれて
をりからに嘶《いな》きぬ、
悲しきは
そのあへぎ、
星空を仰ぎては　とめどなく身をおもふ、
世をおもふ。

現世抄

篤夫はつひに新月を占《うらな》ふ。
悲しからずや
その額《ぬか》、
柊は青う映えたり、
身にせまる憎しみや、あざむきや、
生きづらきわれや、人や。

篤夫はいたき予感を病《わづら》ふ、
遠つ世の国のなやみは
また、ここにおこらんと、
夕空のしづかなるにも
すさまじき雷をひそめて
火の嵐、いつの日か来らんと。

篤夫はおのが白き手を嗤《わら》ふ。
をののきはあり、雲に、木の葉に、
祥《さが》あしく、地に享《う》けし酒盃《さかづき》は苦く、
隣りの人に呼びかけて
いよよさびしく、
蕭々として
すすきの風に歎きこもらふ。

『海原にありて歌へる――一九四二年、一九四三年』

遠征前夜

――○○の宿営にて。

参宿《オリオン》は肩にかかりて
香《かう》を焚く南国の夜《よる》、
茫として、こは夢ならじ
パパイヤの白き花ぶさ
はた剣《けん》のうつつの冴えや、
郷愁は烟のごとく
こほろぎに思ひを堪へて
はるかなり、わが指《さ》す空は。

戦友別盃の歌

——南支那海の船上にて。

言ふなかれ、君よ、わかれを、
世の常を、また生き死にを、
海ばらのはるけき果てに
今や、はた何をか言はん、
熱き血を捧ぐる者の
大いなる胸を叩けよ、
満月を盃《はい》にくだきて
暫《しば》し、ただ酔ひて勢《きほ》へよ、
わが征《ゆ》くはバタビヤの街《まち》、
君はよくバンドンを突け、
この夕べ相離《さか》るとも
かがやかし南十字を
いつの夜《よ》か、また共に見ん、
言ふなかれ、君よ、わかれを、

見よ、空と水うつところ
黙々と雲は行き雲はゆけるを。

バンタム湾の翌夜

――ラグサウーランの丘にて。

椰子の木をのぼる月あり、
敗残の敵のひそめる
かの山は深く黙《もだ》して
明るさや、これの片丘《かたをか》。
瞰下《みおろ》せば、バンタム湾は
波しづか、月かげうけて
空と水あひ搏《う》つあたり
しろがねに仄《ほの》光りつつ。
昨夜《よべ》なりき、われら流れき、

すさまじき戦《いくさ》のさなか
飛び入りて、重油をあびて
ひた泳ぎありし、かの海。

修羅のあと、いづこにありや、
しづかなるそのたたずまひ、
思ふだに悪夢なりしか
今 生きて現身《うつそみ》はあり。

うなじ垂れ、をろがむものの
あつき胸いかに伝へむ、
ふるさとを眉にゐがけば
あまりにも遥《はる》けしや、雲。

椰子樹下に立ちて

——ラグサウーランの丘にて。

極まれば、死もまた軽し、
生くること何ぞや重き、
大いなる一つに帰る
永遠《とは》の道ただに明るし。
わが剣《けん》は海に沈めど
この心、天をつらぬく。
明《あ》かる妙《たへ》、雲湧く下《もと》に
散り落つる花粉か、あらぬ
椰子の芽の黄なる、ほのなる
ほろほろと、しづこころなし。

雨《ウヂヤン》の歌

——東印度風物詩　その一　セランの宿舎にて。

雨《ウヂヤン》、雨《ウヂヤン》、雨《ウヂヤン》、
氷柱《つらら》の礫《つぶて》のやうに
燃える肌《はだへ》の沐浴のやうに

椰子のみどりに光る雨《ウヂャン》、
散るよ、ミモザの花《クンバン》
ぬれるよ、猫《クチーシ》
黒い処女《ベラワン》、腰布《サロン》
懶《ものう》い午後《ひるさがり》の
訴へやうもない郷愁の
渋甘い無花果《アムコ》の味覚、
さらでも切ない
やるせない
滅びゆく国の音楽。

雨《ウヂャン》、雨《ウヂャン》、雨《ウヂャン》、
ふるへ羽搏《はばた》く小鳥《ブルーン》
雲《アワン》の翳《かげ》りゆく園《ケボン》
なまじ原色の青空を見せて
はかないパステルの虹をかけて
降《ふ》るよ、降《ふ》るよ、雨《ウヂャン》、

水沫《しぶき》も鏡に曇る露台《バルコン》
重い薫りの安息香《カメニヤン》
わが喉《のど》にむせぶ煙草《ロコ》よ
思ひ出されるペ・ルモコよ
溜息も叩きつける、踏みつける、この雨《ウヂヤン》。
雨《ウヂヤン》、雨《ウヂヤン》、雨《ウヂヤン》、
雨季《ムシム・ウヂヤン》のつれなさ、
ものうさ、
明るくて、暗いこの南《スラタン》
あの小路《ロロン》、あの街路《ジヤラン》
あの市場《ペカン》、あの辻《シンパン》
森《ウタン》、畑《ラダン》、原《パダン》、山《グノーン》、
そして心に降るよ、雨《ウヂヤン》。
雨《ウヂヤン》、雨《ウヂヤン》、雨《ウヂヤン》、
ああ、赤道のかなた

海のかなた
遠い、遠い、遠い恋人《チンターン》・日本《ジエプン》。

バンドンへの道

——東印度風物詩　その二
バタビヤよりトラックの上にて。

わが腕《うで》は赤銅《あかがね》に焼け
わが眼《まみ》はすでに爛《ただ》れぬ。
百日を過ぎがてに来て
はるかなる海を乗りきり
すさまじき戦《いくさ》のさなか
ひたざまに死の線を越え
今や行くバンドンの道、
青空に陽《ひ》は燃えさかり
雲幾重わきてかさなる
そが下につづく並樹の

椰子の木の緑濃き影、
ひた走り軋《きし》る車に
ゆられつつ夢とも思へ、
かしこには青田のそよぎ
稲の穂のみのり豊けく
ここはまた、すすき穂に出で
光りつつ蜻蛉《あきつ》飛びかひ、
目眩《めくる》めくミモザの花の
黄金《こがね》いろかがよふところ
水牛の群れて遊べる、
酸果樹《クマリンド》しげれるところ
赤き屋根つらなり見えて
肌黒き族《うから》やからも
ひそやかに営みあへる、
戦跡《いくさあと》荒れたるところ
崩れしは崩れしままの
軒下に燕《つばめ》巣喰へる、

路ばたに童《わらべ》つどひて
あはれさや、笑みて迎へて
鬨《とき》あげて、手をうちふれる、
ものなべて安し、静けし、
見はるかす丘のかなたは
みすずかる信濃の山に
よくぞ似るそのたたずまひ、
峯の秀《ほ》の、霧に泛《うか》びて
神のごと清し、静けし、
かへりみて国を思へば
われや、げに遠く来にける
南《みんなみ》のすめらいくさの
勝ちいくさ極まるところ
バンドンは陥ちて静けし。

マニアン鳥の巣に寄せて

——東印度風物詩　その三

常夏島のみどり野に
天つひかりのあまねしや、
ポホンの枝に巣をかけて
ポホンの若芽ついばめる
マニアン鳥はあはれなり。

人にも似たる営みの
子鳥に餌《ゑさ》をふふませて
何を思へと啼くものぞ、
戦《いくさ》のあとのしじまなす
この夕暮のひとときを。

ジャワ富士に寄せて

——東印度風物詩　その四

あかねの雲のたなびきて
ゆふがすみたつジャワの富士、
山のすがたを見るさへに
つくづく思ふ、わが国を。

かの山河《やまかは》のうるはしさ、
人のなさけの、なりはひの
たぐひもあらぬゆかしさぞ
今か、しみみに知られたる。

南の果ての海ばらに
離《さか》れるものの朝夕に
夢にゐがきてすべをなみ
ただ恋ひわたる、わが国を。

じゃがたら夜曲

――東印度風物詩　その五

マタ・ハリの黄なる花
たそがれや　夢まがふ藍いろのひとときを
四つ辻に　おぞましき物売りの影絶えて
ただひとつ　童子《わらべ》らの呼ぶ声は
アシヤ・ラヤ、アシヤ・ラヤ
いくさ後《あと》、日浅くて成るものの声。

水ゆるき運河《カリイ》には
水浴びてサロン捲く　肌黒き女《をみな》らも疎《まば》らにて
河岸《かはぎし》はつぎつぎに点《とも》しゆく瓦斯ランプ、
そのかみの幻灯の青じろき街《まち》なかを
馬車《サド》は行く、いとちさき灯《ともし》つけ　銀の金具を光らせて
馬車《サド》は行く、鈴をふりつつ
小刻みにはしりゆく驢馬の蹄の

戛々《かつかつ》と高鳴りて
さて、遠去るがあはれさよ。

さらでだに、見馴れぬ都
暮れゆけば　旅ごころ騒《さわ》だちて
あてどなく行きもどり行き迷ふ並樹路《なみきぢ》に
ひそやかにうち連れし人影や
ハジならん、回教《イスラム》のそれと知る白き帽《トピ》、
路ぞひの葉の蔭に　夜《よ》をいこへるは
滅びたる和蘭陀《オランダ》の民の家々
蜜柑色あかるき笠の灯《ともし》つけ
そぞろかに、あまやかに語らへる
見て過ぎて　鶯の歌ふを聴けば
何か、さは、足らはざる　うつつごころ。

つくづくに空を仰げば
明るさや、椰子の木に満月はのぼりつつ

しじまなす　ものの影ひそまりて
しみらにも流れ来《く》るガメランの曲、
その楽《がく》の絶えつづき、なづさひ消ゆる
遠方《おちかた》は、しろがねにうち烟《けぶ》る月明り、
声はあり、
アシヤ・ラヤ、アシヤ・ラヤ。

ガメラン

――東印度風物詩　その六

満月に酔ひ痴《し》れて
じゃがたらの夜《よ》を行けば
たまゆらに　ガメランぞ鳴り出でぬ、
しみらにも掻いさぐり
はた、高鳴らす　その楽《がく》の音《ね》は、
ふるさとの　かかる夜《よ》の
かかる夜《よ》の思ひ出に

顫《ふる》へつつ、咽《むせ》びつつ。
南《みんなみ》や、十字星、つくづくにうち見れば
げに遠し、かの雲の
赤道の、うなばらの、かなたの、かなた
国はあり、ふるさとはあり、
吾《あ》を待ちて、灯《とも》し揺《ゆ》るるを。

ためいきや、月のしづく、
張り裂けん胸を堪へ
さまよふは、人ならじ、われならじ、
籬《まがき》なる山梔子《コモぜ》の香《か》
ただただに身に沁みて
遠方《をちかた》は、しろがねにうち烟《けぶ》る月明り、
郷愁は雪と降りつつ。

註「ガメラン」ジャワ固有の伝統的音楽。

後書

昭和十六年十二月、予は齢知命に近く、虚弱の身にして大東亜戦争に召され、南下三千海里、文化部隊の一兵としてジャワ作戦に参加し、バンタム湾敵前上陸に際しては、壮烈無比の海戦中、敵の魚雷と砲弾をうけて沈没し行く船の舷側より海中に飛び入り、重油を浴びて漂流数時、天佑、よく死線を越えたり。げに、わが一代の禊ぎにして第二の誕生と言はんか。

この光栄に感泣するもの、われ、千載一遇の体験を、爾今筆に托し尽して終らんとす。茲に集めし詩篇のごときは、多くは不如意の環境にありて、或は宿営の暗き灯の下に、或は月夜船檣の下に、或は炎天、椰子の樹かげに、或は疾走中のトラックの上に坐して、ひそかにノートに走り書きせる即興の類に過ぎず。その数また挙げて言ふに足らず。これを自ら上梓する志の毫頭なかりしを、予に慫めて敢て集となせる、凡て戦友諸氏の寛大に依るものなり。

乃ち、わが軍司令官今村均中将閣下はこの詩集に題簽をたまひ、わが宣伝班長町田敬二中佐殿は序文を以て、わが戦友なる大宅壮一、浅野晃、富沢有為男の諸氏はそれぞれ跋文を以て、いづれもこの乏しき収穫のためにはなむけせらる。まことに感謝に堪へず。

また編輯万般を煩はしたる北原武夫氏、装幀に凝念せられし河野鷹思氏、印刷製本に意を用ひられし黒沢寿雄氏を初め、未だ曾て無かりし現地出版のあらゆる障害を克服して、活字不足を補ふに並み並みならぬ労苦を敢てせられし諸兄の熱意、思ふに余りあり、記して併せて感謝の辞となす。

昭和十七年八月

バタビヤの宿舎にて

大木惇夫

海原にありて歌へる　拾遺

基地連禱

――大東亜戦争勃発するや、徴用令を受けて南下の途、台湾南端の基地なる高雄に待機すること久しかりき。炎暑にあへぎ、無聊に苦しみて堪へがたく、その間、戦友を送り迎へて感深し。戦友武田麟太郎が先遣隊に加はりて発つの前夜、月下に酒を酌み交はしたり、その時の歌。

過ぎし夜《よ》は　寒風のなか
骨疼《うづ》く北斗の星に嘯《うそぶ》きぬ。
明日《あす》の夜《よ》は、こひねがはくは
潮《しほ》の上《へ》に南十字を指《さ》しなんを。

運命《さだめ》にて門出《かどで》せる身の
孔明が星を占ひ、機を待てば、
わが腕《うで》の夜光の磁石いたづらに

ふところの地図も飢《う》ゑたり。

草枕、幾十日《いくそか》過ぎし、
汗みづき戎衣《じゆうい》の袖は渇かぬを
げに、かくも無聊《むりやう》にこころ渇くなり、
わが発《た》つはいづれの日ぞや。

今宵この熱病む地《つち》に
花白きパパイヤの木に言《こと》問《と》へど、
未だしや、花は答へず
月光の香《かう》焚《た》きしめて黙《もだ》すのみ。

朝《あした》、われ、幾人《いくたり》の友を送りしや、
夕べ、われ、幾人《いくたり》の友を迎へしや、
今宵また君を送ると
月明のはるかなる雲に向へり。

盃《さかづき》は、飯盒《はんがふ》の蓋《ふた》
清御酒《きよみき》をたぼたぼ満たし
茉莉花《まつりくわ》の萼《うてな》泛《うか》べて、さりげなし、
月の下、かたみに酌《く》めり。

行く者は多くを言はず、
送る者また悲しみを語るなし、
酔ひてかの星雲を呑み、月を嚙《か》み
すでにして敵を衝《つ》くなり。

高粱《かうりやん》は月に烟《けぶ》りて
こほろぎは世の常ならず高鳴けり、
廃《すた》れたる墓のほとりの礎《いしずゑ》に
今しばし佇《た》ちて別れむ。

髑髏《しやりかうべ》月に蒼《あを》みて
朱《あけ》の血の黝《くろ》み咲けり、曼珠沙華《ひがんばな》、

この土に影をとどむる幾瞬ぞ、
君は行き、われも去りなむ。

世はすでに煙波《えんば》のかなた
ここにして鬚《あごひげ》のただに伸びたり、
人も吾《あ》も語るを歇《や》めて、仰ぎ見て
魂《たま》恍《ほ》れて星を言ふのみ。

敵前上陸序曲

——昭和十七年三月一日の夜、わがジャワ派遣軍の主力はバンタム湾に敵前上陸を敢行せんとし、船団は粛々と同湾に近づけり、その時。

サン・ニコラスの岬《みさき》のあたり
灯台《とうだい》は消えつ、明かりつ、
真夜ちかきしじまのうちに
ただならぬけはひをひそめ

消え明かり、明かりつ消えつ、
たまゆらの鋭《と》きひらめきに
しりへなる白き雲さへ
あやしげに光り翳《かげ》りつ。

げにこれぞ、こは、ジャワの島かげ、
月あかり青くけぶりて
ほの光る波のまにまに
いにしへの巨《おほ》き獣《けもの》の
くろぐろとうち伏すごとき
胸さわぐそのたたずまひ、
しづけきは、眠りや深き、
否、すはや、ふるひ起《た》つかと。

さあれ、身じろぐしるしだになき
島かげのなんぞしづけき、
いぶかりて見やる岸辺《べ》に

波の穂《ほ》のただ白きのみ、
満月は空にかかりて
うなばらに照りはゆるのみ、
戦はん意《こころ》にぶりて
抗《あらが》はず、敵や逃げたる。

われらの船は、今入らんとす、
敵の地のバンタム湾に
しかもなほ敵無きごとし、
波しぶく舳《へさき》にたちて
息ふかく胸張りなして
嵐来《く》る前のひととき
粛《しゆく》として月にうそぶく、
夢ならじ、われも男児《をのこ》ぞ。

サン・ニコラスの岬《みさき》のあたり
灯台《とうだい》は消えつ、明かりつ、

「おそらくは恙《つつが》もあらで
魰《ちぬ》らずて陸《くが》に上がるか」
事無げに言ふ者あれど
一戦《ひといくさ》なくてはやまじ、
月あかるしじまのうちに
冥府《よみ》の気は迫《せま》りきたりぬ。

『大木惇夫詩全集１』附記

★『海原にありて歌へる』は、昭和十七年十一月一日、ジャカルタのアジヤ・ラヤ出版部で刊行され、私が戦線から帰還後、すなはち昭和十八年四月十日にアルスから再版された。その際、「マニアン鳥の巣に寄せて」「ジャワ富士に寄せて」の二篇を征旅中のノートから拾ひあげて加へた。詩の各篇にかなり詳しい解説風の覚え書をも巻末に附し、内地版としての「あとがき」も附したが、ここには省いた。私自身としては現地版がなつかしいので、本誌全集を編纂するに際しては現地版のままの形を保存することにした。ただ右の二篇だけ詩の数が多くなってゐる。そうでなくても自作が散逸しがちなので、この点は内地版の内容のままにさせてもらったのである。

★この詩集は戦争中に出版された私の第一集であるが、戦場にあっても詩を書く態度は処女詩集『風・光・木の葉』中の諸作を書いた時と何等変るところなく、情懐をひたむきに素直に打ち出すにあったといふこと、このことだけはこの機会に言っておきたい。

あの、生涯の旅人であり、平和を愛したであろう松尾芭蕉、私の尊崇する松尾芭蕉がもし国の徴用をうけて戦場に立ったとしたら、どうしたであろう、どんな態度でどんな作品を生んだであろう。――このことは、戦場でも常に私の第一の関心事であった。戦後二十数年を経た今日でも、私はそのことをしばしば思はずにいられないのである。

（昭和四十三年十一月　著　者）

天馬のなげき——北原白秋伝（抄）

柳河のびいどろ罎

九州の柳河《やながは》は、文字どほり瓏銀色《ろうぎんいろ》の河水に柳が影をうつす水郷で、死のやうに静かなこの廃市をつらぬくいくすぢもの掘割りがあり、そのほとりには封建時代のおもかげをのこす白壁の家がたちならんでゐた。

石場町にも、さうした旧家があつた。土蔵づくりの屋根の下をのぞくと、格子をすけて朱ぬりの酒樽が五つ見え、ひろい土間の上の梁《はり》にはつばめが巣をつくつてちちっと鳴き、黒びかりのする大きな柱には、オランダわたりの古時計が、コツコツと秒を刻んでゐる。

世間ではこの老舗《しにせ》を油屋といひ古問屋《ふつどいや》と呼んだが、実際はそのころ酒を造つてゐた。北原白秋は、この裕福な酒屋に生まれ「油屋」のトンカ・ジョンとして、ぜいたくに生ひ立つた。トンカ・ジョンとは、大きいほうの坊ちゃんのことで、弟（チンカ・ジョン）と比較していふのであるが、このあたり一たいにはオランダ訛《なま》りが残つてゐて、それが妙にこの地方語とまざりあつた。さうして、

「お嬢さん《ゴンシャン》、お嬢さん《ゴンシャン》、どけへ行きんさると？」

「野菜畑《チユウマエンダ》へ。」

「となりの坊ちゃん《ジョン》の、人面疔《メン》ばあげとらすよ。」

「そんならやめとこ。」

「ほ、あげんこと言ひよらす、行きたからうもんに。いい坊ちゃん《ヨカラカジョン》ですばい？」

「それゃ《ソリバッテン》さうだけど……」

といつたやうな、やはらかい流暢なひびきのある、一種独特な柳河語となつたものである。

白秋は、生まれ落ちるとから、ひ弱な、癇《かん》のつよい児だつた。ちょっと外気にあてられても、つめたい指さきでさはられても、すぐに四十度ちかい熱を出した。母親がよそへつれてゆくにも、人力車でなしに、古めかしい黒ぬりの女《おんな》駕籠《かご》を仕立てたほどだつたが、それでも向うについて、手から手へわたされた時には、まつさをになつてひきつけた。遠い親戚の者が、こはれ物にさはるやうなこの児に、「柳河のびいどろ罎」といふあだ名をつけた。

三つの時には、ひどいチブスにかかつた。乳母は伝染してこの児の身代りに死んだ。それでも、あとへ来た乳母がしん身になつて守りたてたので、「柳河のびいどろ罎」もこはれずに育つた。さうして、いつか疳の虫のひりひりした、しかし内気な、おとなしい児になつた。

ちいさなトンカ・ジョンは近所の子供をあつめてきては、かくれんぼうをした。赤い夕日のさしこんでゐる穀倉のなかで、廿日鼠《はつかねづみ》のやうにさはぎまはつた。あたたかい刈り麦や空俵の蔭に、じつと息をひそめて、仲のいい女の子とならんで肩をすぼめた。さうした時、棟木《むなぎ》をつたつてぬるぬると這《は》つてくる青大将の眼つきが、なんともいえずおそろしかつた。おそろしいといへば、生胆《いきぎも》とりのくるといふ夕暮時がおそろしかつた。夜といふものは、さらにも恐ろしかつた。明るい昼のあとから、どうしてこんな暗いものがやつてくるのか、ちいさいトンカ・ジョンには、それが懐疑のはじまりだつた。トンカ・ジョンは乳母の胸に抱きつきながら、眼のいろ変へてふるへた。

すると、乳母はトンカ・ジョンをしつかりと抱きしめてじつと見つめながら、

「坊ちやま、あたしがあなたのお母さんですよ。」

と言つて、まつさをになるのだつた。

トンカ・ジョンのちいさな頭は混乱して、昼の日なかにも、蒼白い幽霊を見るやうになつた。

あのやさしいお母さんが、ほんたうのお母さんではないのか。このおそろしい謎を、一そうふかめたのは、おみかといふ気狂《きちが》ひ婆さんだつた。

五月の、苺の花の咲くころだつた。凧の糸を丈夫にするために、トンカ・ジョンが青ガラスを砕いて、瀝青《チャン》をつくつてゐると、酒倉のかげから、おみか婆さんがつかつかとやつて来た。ちいさなトンカ・ジョンはじつと見つめてゐるするどい眼を見て、ぶるぶるふるえてゐると、

「トンカ・ジョン、あんたのお母《つか》んは真実《ほん》なお母《つか》んかん? 返事せんの? 証拠があるなら、出して見んの?」

と言つた。トンカ・ジョンが蛇に見入られた蛙のやうに小さくなつて黙りつづけると、はては、この酒倉だつて酒だつて、わしのものぢや、トンカ・ジョン、あんたもわしのものぢや。あんたが父と思ひ母と思つてゐる奴らは、あんたにとつてはまつたくあかの他人で、わしこそあんたの母親ぢやと脅《おど》すので、トンカ・ジョンは青くなつた。いきなり、駈けだして行つて、母親に抱きついたが、それでもまだ恐ろしいので父親のところへ逃げて行つた。あいにく、何かのことで不機嫌だつた父親は、金庫のとつ手をまはして、やけに鍵を孔《あな》につっこみながら嶮《けは》しい眼をして、じろっとふりかへつた。トンカ・ジョンはわつと泣いた。

それからといふものは、青い小鳥の歌さへも、おみか婆さんと同じやうなささやき

にきこえた。

――「棄児《すてご》の、棄児《すてご》のトンカ・ジョン、ほんとのお母《つか》んがほかにある。」

この恐ろしい、せつない疑問をとかうとして、大きい人たちにきいてみると、その人たちはからかつて、

「うん、あんたは池の中から生まれたんだよ。」

と言つた。

「赤い果《み》の熟《う》れた木があつてね、その木の枝に籠がぶらさがつて、あんたは籠の中で、おぎゃあ、おぎゃあと泣いてたんだよ。」

などと、まことしやかに言ふ者もあつた。ちいさなトンカ・ジョンの頭はますますこんがらがつてきた。

とは言つても、トンカ・ジョンは、気まぐれな児でもあつた。七月の観音祭の晩などには、お白粉をぬつて派手な衣裳をつけ、うきうきした町娘たちの中にまじつて、なにがなし小さな手をひらいて踊つた。三つちがひの異母姉のかあいい踊り姿も、ちらちらと眼についた。

　　薄らあかりにあかあかと
　　踊るその子はただひとり。

薄らあかりに涙して
消ゆるその子もただひとり。
薄らあかりに、おもひでに、
踊るそのひと、そのひとり。
（『初恋』）

＊

日もしらず、
ところもしらず。
美しう稚児《ちご》めくひとと
匐ひ寄りて
桃か、IKURI《イクリ》か、
朱の盆に盛りつとまでを。
余《よ》は知らず、
また名も知らず。
夢なりや――
さあれ、おぼろに
朱の盆に盛りつとまでを、
わが見しは、

紅《あか》き実なりき。

註。イクリの果は巴旦杏より稍小さく、杏よりはすこしく大なり。その色血のごとし。

（『紅き実』）

春のめざめ

早熟なトンカ・ジョンははやくも世の中をはかなんだが、また七歳で、すでに初恋の味を知つた。美しい小さなゴンシャン。水祭のさはぎの中ではじめてその児を見てからといふもの、はにかんで、いつも胸がわくわくした。

堀割りの水面には、いたるところ菱の葉や蓮やまこもや河骨が浮かび、薄むらさきのウォーター・ヒヤシンスが咲いてゐた。悠長な街の人たちは、この水路に舟をうかべて、芝居見物にゆくのである。この六騎《ロッキュ》の街の特殊な行事のひとつであつた。むかし、平家が没落した時に亡命した六騎の士が、ここに住みついて漁を業としたので、六騎の名がある。

わかい六騎は元気で派手で、みだらで、放埒《はうらつ》で、暖かければ漁をし、風が吹けば休んで遊び、雨の日は寝る。ひもじくなれば食ひ、酒を飲んでは月琴を弾き、夜はただ女を抱くといふふうである。トンカ・ジョンの性のめざめも早かつた。

トンカ・ジョンの家は、この六騎街でも、一二をあらそふ家柄だつたから、家敷内の庭も広く、十月ともなれば、朱欒《ザンボア》の老木が大きな黄いろい実をつけた。トンカ・ジョンは、その甘ずつぱい実が歯にしんでも、美しいゴンシャンのことをおもつた。店の戸棚をこつそりあけてみると緑礬《りよくばん》、硝石、甘草、肉桂、薄荷、どくだみの葉などがあつて、それらがこんがらがつて一種異様の匂ひをはなつた。トンカ・ジョンは、その匂ひを嗅ぐだけでも、ゴンシャンの美しい顔が眼さきにちらつくのだつた。

ある夕方、貧しい六騎の児らの餓鬼《がき》大将になつて、溝のはたにむしろの小屋をかけ、人あつめのラッパを吹き鳴らした。そしてトンカ・ジョンがじぶんだけ金紙の鎧をつけ、甲をかぶり、木太刀をふりふり、芝居の身ぶりをした。すると見物のなかから、例の美しいゴンシャンが豆の葉っぱをならしながらこつちを見てゐた。トンカ・ジョンはそれに気がつくと、くわっとのぼせあがつて、せりふを忘れ、きまりわるさにうつむいてしまつた。

あはれ、友よ、わかき日の友よ、
今日《けふ》もまた街にいでて少女らに面《おも》染むとも、
な嘲《あざ》みそ、われはなほ、われはなほ、心をさなく、
やはらかき山羊《やぎ》の乳の香《か》のいまも身に失せもあへねば。

（『断章』六）

＊

女子《をみなご》よ、
汝《な》はかなし、
のたまはぬ汝《な》はかなし、
ただひとつ、
一言《ひとこと》のわれをおもふと。

穀倉の二階に幕をはつて薄青い幻燈の雪をうつしたりしてゐるうちはよかつたが、何か満たしえぬトンカ・ジョンは、柳河一郷の小君主となつた。内気なおとなしい児にきた反動は、罪のない暴虐だつた。馬に乗つて飛びまはつたり、玉虫《たまむし》を針でさしたり、蟻の穴をこまのしんぼうでほじくつて石油をかけたり、女の児の唇にも毒々しい蝶の粉をこすりつけたりした。でも、トンカ・ジョンはさびしかつた。そのあとではひとりぼつちで蚕室《さんしつ》にすはり、かひこが桑の葉をたべるかすかな音をききながら、子どもながらも、人生の孤独感にふれるのだつた。さうして、いつか、催眠術のふしぎさに好奇の眼をみはつたり、アラビヤンナイトのソベイデの物語や、西洋奇談の魔法使や、驢馬に化《ば》かされたチベット王子の話などに耳を傾けたり、ふちの紅い黒表紙の讃美歌集をまさぐるやうな子になつた。

異国趣味は、そのころからトンカ・ジョンにつきまとつた。菱形の西洋凧をあげたり、オランダなまりの小唄をうたつたり、ガラス瓶に入れた薄荷水や肉桂水を吸つたり、イソップ物語の本にある珍奇な絵に驚いたり、麹室《こうじむろ》の中でトランプをやつたりした。トランプの女王がだいすきになつた。

リーダアの版画の新らしい手ざはりを知るやうになると同時に、西洋奇談はますますトンカ・ジョンの性のめざめを掻きみだした。そのうちに祖父の書架を飾つたオランダ本の黒皮表紙や、広重や北斎の浮世絵、または草双紙、黄表紙、雨月物語、そのほかさまざまの稗史物語、探偵奇談、フランス革命小説、経国美談、三国志、西遊記などの珍書が、このロマンティックな子の渇望のまとになつた。つひには禁断を犯して、さうした本をぬすみ見るやうになつた。

トンカ・ジョンはますます感動しやすく、興奮しやすい子になり、空想ずきな子になつていつた。

ある日の午後、丘の芝生にねころんでゐると、そよ風がなんともいえぬ匂ひを吹きおくつてきた。それは、すぐ下のほうに咲いてゐる玉葱の花の強いにほひだつた。トンカ・ジョンはそのにほひを嗅ぐと、急にいらいらして、身もだえするほどの烈しい衝動にかられた。さうして、その日から太陽を恐れるやうになつた。春のめざめがきたのである。

怖ろしきその女、
なつかしきその夜。

翌《あけ》の日は西よりのぼり、
恐怖《おそれ》と光にロンドン咲く、
血のごとく赤きロンドン。

われはただ路傍《みちばた》に俯《ふ》し、
青ざめてぢつと凝視《みつ》めつ。
血のごとく赤きロンドン。

ロンドンに
弾《は》ねかへる甲虫《かぶとむし》、
――あることを知れるごとくに。

はねかへる甲虫、
われはただロンドンに

言葉なく顫へて恐る。
——わが生の第一の接吻《キス》。
(『接吻の後』)

燃えるトンカ・ジョンの家

そのくせ、トンカ・ジョンは、きはめてストイックを清らかな母の手で育てられただけに、放埒な街の子の悪習に染まなかつた。臆病なほど謹厳になつて、酒を恐れ、煙草を憎んだ。柔弱をきらつた。仲のいい友だちがただ懐中鏡をもつてゐたといふだけで、さつそく絶交しかけたほどだつた。
かうして偽善的な清教徒《ピューリタン》の十四の春をむかへ、いつまでも女といふものを恐れて、淫《みだ》らな水郷にそだちながらも無事に少年期を終つた。それだけにまた、トンカ・ジョンの幼い胸には、うつたうしいものがいつものこつて、憧れれば憧れるほど、さびしかつた。銀笛を鳴らしても、クラリネットを吹き澄ましても、かへつてくるこだまはなかつた。

今日《けふ》もかなしと思ひしか、ひとりゆふべを、
銀の小笛の音《ね》もほそく、ひとり幽かに、すすり泣き、吹き澄ましたるわがこころ、

薄き光に。

（『断章』一）

＊

ああ、かなし、
あはれ、かなし、
君は過ぎます。
薫《くゆ》いみじきメロデアのにほひのなかに、
薄れゆくクラリネットの音《ね》のごとく、
君は過ぎます。

（『断章』二）

ああ、かなし、
あえかにもうらわかき、ああ、わが君は、
ひともとの芥子の花、そが指に、香《か》のくれなゐを
いと薄きうれひもてゆきずりに触れて過ぎます。

（『断章』三）

しかし、月日のたつうちにトンカ・ジョンの本性は、しらずしらず反抗の炎をあげていつた。そして、ただひとり瞑想にふけり、ただひとり猛烈に読書するやうになつた。かうして、ともかく外面的に安楽の日は続いた。両親の愛を一身にあつめ、多く

の召使や出入りの人々にはちやほやされて、町でも油屋の古問屋のトンカ・ジョンとして特別あつかひにはされるし、畠みちを歩けば、行きかふ百姓たちが、みんな立ちどまつて頬かむりをとつてあいさつした。物質的にはなにもかも満ちたりてゐた。じぶんだけにさうした神の恩寵をめぐまれてゐるのだとおもふことさへもあつた。しかし、富み栄えた北原家を根こそぎぶちこはして、一瞬にトンカ・ジョンたちをせち辛い人世の荒浪に投げ出そうとする運命の大きな手が、はやくも動き出さうとしてゐることを夢にも知らなかつた。

十七の春であつた。時は三月三十一日の昼すぎ、をりからの烈風に、川むかひの舟大工の工事場から火を発し、その風下にあつたトンカ・ジョンの家に燃えうつった。さらに酒倉へも火がはひり、たちまちのうちにどっと燃えあがつた。酒倉の中には、芳醇な新酒や古酒をみたした、たくさんの酒桶がならんでゐて、アルコールが火を呼ぶことはとても早かつたのである。桶といふ桶は大砲のやうな響をたてて爆発し、あたり一面は火の海となつた。どくどくと流れ出す酒は川にそそいで、川下は酒の洪水となつた。ぷんぷんあがる酒の匂ひには、消防夫たちもむせて酔っぱらって、動けなくなつてしまつたほどである。川下の町の人たちは、川から酒を汲んで、水甕にみたすのに大さはぎをした。

無数の小魚は酔つて水面に浮きあがり、酒の流れに口をつけて飲んだ者たちは、へべれけに酔つた。
火事はおさまつたが、焼けのこったのは母家《おもや》ばかりだった。一家のものが茫然として途方にくれてゐるといふのに、泥酔した者たちは、どやどやとそこへころがりこんできて、唄つたり踊つたりの大乱痴気で、金箔の古びた仏壇の扉をはがしたりするのだつた。
そのころ、トンカ・ジョンは魚市場に避難してゐた。運び出されたたくさんな家財のなかに、たつた一つ、眼についたものがある。それは泥まみれになつて表紙もちぎれ、風にひらひらページをかへしてゐる島崎藤村の「若菜集」だつた。トンカ・ジョンは、黒砂糖の桶に腰をかけながら、眼にいつぱい涙をためて、いつまでもいつまでもそれを見つめてゐた。

金《きん》の酒をつくるは
かなしき父のおもひで、
するどき歌をつくるは
その児の赤き哀歓《あいくわん》。

（『酒の黴』の一節）

天才児の脱出

酒造場はその後まもなく再建された。その高い白壁は、有明海から柳河の町にむけてくる船の目標になるほどそびえ立つた。

商売も前より手びろくつづけられた。しかし、この火事からうけた大損害はなかなかうづまらなかつた。かうして家運は傾き、さしもの北原一家も没落の一途をたどるばかりとなつた。火災後の心労のために、父も体《からだ》がおとろへ、めつきり年をとつた。そのさびしさうな父の姿をみながらも、トンカ・ジョンは明けても暮れても詩集を読みふけらずにはゐられなかつた。

藤村が若菜集によつて、清新な詩のひびきをつたへたのが明治三十年で、トンカ・ジョンが十三の時であつたが、もう今ごろは与謝野晶子の『みだれ髪』が青春の自由奔放な情熱をまきちらしてゐたし、薄田泣菫の『ゆく春』や『暮笛集』、蒲原有明の『春鳥集』などもぞくぞくと相ついで、世評を高め、若い人たちの憧憬のまととなつて来た。

また、与謝野夫妻の新詩社は機関誌『明星』によつて、活潑な詩歌中心の芸術運動をまきおこしてゐた。一方では、『文庫』と『新声』とが、青年の文芸雑誌として覇をきそつてゐた。

かういふ新らしい時代の潮のやうな息ぶきが、若いトンカ・ジョンの豊かな詩魂をゆすぶらないはずもなかつた。中学四年ごろから、学校へはあまり行かなかつたが、書斎にはこもりっきりで、詩や歌の制作に熱中した。『文庫』に短歌を投稿して激賞され、さらに長詩『林下の黙想』を発表して選者河井酔名を驚かし、『文庫』の寵児となつた。これが中学五年生の時であつた。トンカ・ジョンはますます熱中して、つぎつぎと投稿した。トンカ・ジョンは、もうすでに北原白秋であつた。

かうした白秋をみてたえず気をやみ、むしろ狼狽したのは父だつた。父はトンカ・ジョンに家業を継がせて、家運をとりもどす片腕とたのんでゐた。中学を卒業したら高等商業にでも入れてと、思つてゐたやさきに、このありさまだつたから、父の失望は大きかつた。このために、トンカ・ジョンは、事ごとに父と衝突した。それは日を日を追うていよいよ激しくなり、家の中はまつたく憂欝な空気に満たされるやうになつた。

人もいや。親もいや。
小《ちひ》さな街《まち》が憎うて、
夜《よ》ふけに家を出たれど、
せんすべなしや、霧ふり、

月さし、壁のしろさに
こほろぎがすだくよ、
堀《ほり》の水がなげくよ。
爪《つま》さき薄く、さみしく、
ほのかに、道をいそげば、
いまだ寝《ね》ぬ戸の隙《すき》より
灯《ひ》もさし、菱の芽生《めばえ》に、
なつかし、沁みて消え入る
油搾木《あぶらしめぎ》のしめり香《か》。

（『ふるさと』）

トンカ・ジョンの隆吉は、詩作の過労と父とのごたごたから神経衰弱症にかかり、ひどく気むづかしくなつた。卒業試験も中途で休んでしまひ、結局、卒業前ですつぱり退学してしまつた。

学校をやめたトンカ・ジョンはすぐにも東京へ行くと言ひ出した。父は毎日のやうに怒る。トンカ・ジョンはあばれる。はたの者に手のつけようがなかつた。

兄思ひのチンカ・ジョンの鉄雄と母は、仲に立つてはらはらするばかりで、トンカ・ジョンの強い決心の前にはどうしようもなかつた。母は、いやがるものを強ひても、将来のためにならないから、好きな文学をやらせたらと、つよく父を説いたが、父は断じてきき入れなかつた。

つひに、チンカ・ジョンは、理解もあり愛もふかい母と相談した上、非常手段にうつたへても兄の希望をかなへさせたいと決心した。

そこで、母はこつそり、トンカ・ジョンの旅仕度をしはじめた。着物を一枚づつ、布団を一枚づつと、目だたぬやうに、何度も外へはこんだ。かうして幾日めかに、行李はできあがつた。さいはひ、父には気づかれないですんだ。

ある夜、チンカ・ジョンは番頭の久太郎にいひふくめて、その荷物を停車場へ持つてゆかせた。相談にのつてくれた叔母と、母と、チンカ・ジョンがこつそりと見送りに来た。

かうして天才児の脱出は、みごとに成功した。もうトンカ・ジョンではない、二十《はた》歳《ち》の北原白秋であつた。

東京へ、東京へ、矢部川駅を出た汽車は、後年の詩聖をのせて、まつしぐらに進んで行つた。

蔵原伸二郎

定本岩魚

序

河盛好蔵

私は縁が薄くて生前の蔵原伸二郎氏とはほとんど附き合いがなかつた。氏に始めてお会いしたのは、すでに十年ほど以前になるが、青柳瑞穂邸で開かれた恒例の阿佐ガ谷会の席上であつた。蔵原さんはその晩、亡き辰野隆先生と同じくゲストとして出席されたのであつたと覚えている。火野葦平、外村繁の諸君も健在の頃で、例によって談論風発、火野君得意の豊後浄瑠璃なども出て、まことに賑やかな会であつたが、蔵原さんはひつそりと静かに、ひとりで盃を含んでいた。そこには犯し難い気品があり、私は畏敬の目をもつて、私と同じ世代にぞくするこの孤高の詩人を眺めていた。

その後、折にふれて青柳君と蔵原さんの噂をするだけで、お会いする機会がなかつたが、昨年の初夏に、思いがけなく蔵原さんから詩集『岩魚』の恵贈を忝なくした。この詩集には全く感動し、敬服した。とくに巻頭の「狐」の詩六篇は、その詩境の高さと、作品の完璧さによつて、古今の絶唱であると思つた。私はすぐに短い感想を書き送つて御礼にかえたが、そのときの手紙が蔵原さんを悦ばせ、それがこんどの定本『岩魚』に自らを量らずして序文を書かねばならぬ因縁になつたのである。

もとより私の分にすぎ、能力に余ることであるから、幾度も固辞したのであるが、蔵原さんの主宰した詩誌『陽炎』の同人諸氏が、故人の強い希望であるからといつて、遂に許してはくれなかつたのである。このことを明記して、私の如き、故人の愛読者にすぎない人間が、昭和の名詩集の一つとして永久に残るであろう、その最後の詩集『岩魚』の巻頭を拙文で汚すことについて、故人と親しかつた詩友諸氏に深くお詫びをしておきたい。

蔵原さんの第一詩集は昭和十四年に刊行された『東洋の満月』であるが、その巻末にのせた「悠久なる思想」と題するエッセイのなかで、詩人は次のように書いている。「これは人間が、天地と共に在るといふ事を常に意識し感謝するところの思想である。天を怖れ地を怖れ、天を敬ひ地を尊び、更に亦自らの血を形造つてくれたところの祖先を、その神々たちを怖れ敬ひ拝する思想である。実にそれによつて天地とともに悠久に我々の血のつながりであるところの子孫たちが、弥栄《いや》えむことを信ずる最も謙虚な思想でもある。甚だ原始的な又素朴なこの思想が、我が日本民族にとつては、常に最も斬新な思想であることを私は知つた。これこそ我々にとつて最も古く、さうして最も新しい思想である。」

この悠久を思う詩想は、蔵原さんの詩業を通じて一貫して変らない特色であり、余人の追随を許さない深い境地にまで達していたように思われる。例えば『岩魚』の巻頭の「狐」の諸篇である。ここに歌われた「山からおりて来た狐」は世の常の狐ではない。それは「風になることも、枯草になることも」「ひとすじの光にさえなることも」知つている天地とともに悠久な狐である。そしてその狐の見る夢はしだいにふくらんで、無限大にひろがつて、やがて宇宙そのものになつてしまう。しかしその野狐は背中に雪がふると、「青いかげになり」「みかん色した人々の夢のまわりを廻つて」やがて「とき色にひかる雪あかりの中を、山に帰つてゆく、みごもつた雌狐」である。この悠久な天地と、なつかしい人間界との交錯、その融合。このような境地に達するまで、いかに詩人は、烈しい心の闘いを闘かつたことであろうか。

『東洋の満月』のなかに「野牛」と題する次のような短詩がある。

暴風雨のはげしい高原にありて
怒にふるへ
青ざめた角をもつて

見えざる月を突かうと焦心するは
孤独にくるへる牡牛だ

この「孤独にくるへる牡牛」は、「枯れすすきと光と風が、自分の存在をかくしてくれるのを知つている」老いたる狐になつたのだ。詩人の孤独はいよいよ深まつたけれども、彼の眼には今では慈光が湛えられている。そういう彼は宋青磁浮紋双魚鉢を愛玩して、そこに描かれた霊に、宋の時代を空想する詩人でもある。彼は今や、最も自由な、天地の悠久のなかに自在に遊ぶ詩人になつている。「二十億年前の青い蝶が、石原をよこぎつてゆくのが見える」詩人になつている。

詩技はいよいよ冴え、ほとんど神技に近くなつたとき、この孤高の詩人は、悠久の天地と合一してしまつたのである。

私が最後に蔵原さんに会つたのは、去年の秋、『岩魚』の出版記念会が催された席上であつた。その時の蔵原さんはとても嬉しそうであつた。私たちは車に乗つた蔵原さんを見送りながら万歳を称えたことを覚えている。しかしまもなく不治の病いのために詩人は再び立たなかつたのである。最後まで筆を入れた『岩魚』一巻を後に残して。しかし蔵原さんの詩集は今後いよいよ光を増すであろう。私はそのことを確く信じている。

昭和四十年十二月

自序にかえて——読売文学賞受賞の言葉——

蔵原伸二郎

はからずも権威ある読売文学賞を受賞して驚くとともに、たいへんうれしく思っています。

もともと詩集『岩魚』（初版）は、飯能在住二十年を祝つてくれる意味で、飯能市の若い詩人たちが計画出版したものであります。だから、受賞などということは夢にも考えなかつただけに、ほんとうにうれしく思いましたが、全体の配列とか、バランスとかにあまりこだわらないで、なにげなく二十年も前の詩なども入れてしまつたことなど、受賞してみると、この不体裁をなんとも残念に思つています。これはまつたく私自身の落ち度で、もし『岩魚』が再版される機会があれば、その部分は除いて出版したいと思つております。

さて、もともと私のことを、世間では東洋的な詩人だと称していますが、決してそれに不服は申し上げませんが、私は特に東洋的な意識をもつて書いて来たのではなく、ただ自然な状態において、東洋的であり、日本的であることはきわめて当然なことであると思います。たとえば、ロダンやセザンヌがフランスの自然を愛し、また同時にフランス人であつたのと同じことではないかと思います。私は、これまでできる限りヨーロッパの詩論や詩も研究して来たつもりであります。と同時に東洋には、以心伝心的な東洋独特の詩論がやはり存在し、その一面を代表するものは禅の考え方ではないかと思います。これは、ヨーロッパの詩論とある意味において対立した考え方かもしれません。私は生涯の念願として、この二つの東西の詩論をなんらかの形でまとめたいと考えながら、工夫して来たつもりですが、それにもかかわらずご覧のような出来ばえで、誠にお恥ずかしい次第であります。

ただいま私は、入院中で絶対安静を命ぜられておりますので、晴れの受賞式に参加できないことは誠に遺憾の次第であります。（口　述）

昭和四十年二月一日

狐

めぎつね

野狐の背中に
雪がふると
狐は青いかげになるのだ
吹雪の夜を
山から一直線に
走つてくる　その影
凍る村々の垣根をめぐり
みかん色した人々の夢のまわりを廻つて
青いかげは　いつの間にか
鶏小屋の前に坐つている
二月の夜あけ前

とき色にひかる雪あかりの中を
山に帰つてゆく雌狐
狐は　みごもつている

黄昏いろのきつね

山からおりて来た狐が
村の土橋のあたりまでくると
その辺の空気が狐いろになつた
残照のうすらあかりの中で
狐がたそがれいろになつたのだ
葦がさやさやと鳴つた
風は村の方角から吹いている
狐は一本のほそい
あるかないかの影になつて
村の方へ走つた

かくて
狐はまた一羽白い鶏を襲つた

おぎつね

黄昏どきの冬山は静かだ
一匹の雄狐が
枯木の三叉にのぼつている
はがれた皮だけのように
うすつぺらになつている

狐は鉄のにおいをぷんぷんさして
山すそから登つてくる見えない狩人の姿を
ちやんと見ていた
そいつの足音がいやらしい欲望の音である
のもしつているのだ

雄狐はゆつくり木からおりた
そして　月光いろの雌狐が待つている
四次元の寂寥の中へ消えていつた

きつね

狐は知つている
この日当たりのいい枯野に
自分が一人しかいないのを
それ故に自分が野原の一部分であり
全体であるのを
風になることも　枯草になることも
そうしてひとすじの光にさえなることも
狐いろした枯野の中で
まるで　あるかないかの
影のような存在であることも知つている

まるで風のように走ることも　光よりも早く
走ることもしつている
それ故に　じぶんの姿は誰れにも見えない
のだと思つている
見えないものが　考えながら走つている
考えだけが走つている
いつのまにか枯野に昼の月が出ていた

老いたきつね

冬日がてつている
いちめん
すすきの枯野に冬日がてつている
四五日前から
一匹の狐がそこにきてねむつている
狐は枯れすすきと光と風が

自分の存在をかくしてくれるのを知つている
狐は光になる　影になる　そして
何万年も前からそこに在つたような
一つの石になるつもりなのだ
おしよせる潮騒のような野分の中で
きつねは　ねむる
きつねは　ねむりながら
光になり、影になり、石になり雲になる
　夢をみている
狐はもう食欲がないので
今ではこの夢ばかり見ているのだ
夢はしだいにふくらんでしまつて
無限大にひろがつてしまつて
宇宙そのものになつた
すなわち
狐はもうどこにも存在しないのだ

野狐（やこ）

さびれた白い村道を歩きながら
旅人はつぶやいた
「生きながら有限から抜け出そうなんて、
　それはとうてい不可能なことだ」
すると、旅人の頭の中の
一匹の狐が答えた
「それはあなたが消滅して私になれば、
　わけもないことです」
そこで旅人は狐になつた
道ばたの紅いスカンポの根をかじり
谷川におりて青いカジカを追いまわした
今はただ
一匹のやせ狐が
どこへゆくかもわからない

黄昏の村道を歩いている

岩魚

岩魚

――宋青磁浮紋双魚鉢――

五月のあかるい昼さがり
あまりに生の時間が重いので
私はひとり青磁の鉢を見ている
空いろの底に
二匹の岩魚が見えたりかくれたり

すぎる風に水がゆれると
岩魚の背もかすかに紅いろに光る
また　水底をよぎる遠い宋時代の雲

ながい時間のかげりをひいて
愁いの淵に岩魚は　ねむり
時に目を醒まして　はねると
いつのまにか蒼天をおよいでいる

鮭

白い皿の上の
鮭の切身

午前九時の青い太陽の
投影する北国の水の中
おいつめられたあいつが
きゆうといつて息たえた時
あいつの鱗は全部虹色に光つた

午前九時になると
いつでも　あいつの亡霊が
白い皿の海を
いつたりきたりする

すずめ

ながい間
雀は小さい卵をあたためていた
熱つぽい胸毛をひやすために
初夏の夕暮れに飛びたつた
岸辺の
青い風のふいている竹藪の梢にとまり
風にゆれながら
しばらくは羽毛をくしけずり
羽虫をふるい落した

それから　きりつと威厳をつくつて
菫いろに暮れてゆく山脈をながめ
遠くまで光る川をながめ
うす紅いろにかがやく雲をながめ
それから　首をかしげて
卵の中で鳴いているひよこたちの
かすかな声をきいていた

落日

小綬鶏は人道をよけて通る
ひよこをおおぜいひきつれ
ひくい声でしかりながら
ばらばらに散開しておおいそぎで通る
向うに深い竹やぶがある

その中の
夕日のゆれる陽だまりで
小綬鶏たちはたがいに呼びあつてかたまる
ぽとつと　ひとつ桐の花が落ちてくる

やがて日がしずみかかる
何百本とある青い竹の幹の一つ一つに
ちかちかと黄いろい灯がともつて消える

西瓜畑

昨日まで
ごろごろころがつていた　西瓜畑に
今日は
何にもない
未知の人に盗まれたのだ

原つぱと空ばかりがあつた
白い雲が往つたり来たりして
西瓜を探している
一人の若い女がやつてきた
女は西瓜のことなど知りはしない
充実した腰をふりながら
のぼせた顔をして
すたすたと　未知の世界へ行つた
やがて女も消えた
原つぱがあつて　その上に空があつた

遠い友よ

颪のなか

まひるの山の峠で出あつた
あなたよ

こかげの岩かげで
二人はしばらく　蝉の声に
耳をかたむけ
遠い雲をみていたつけ

あなたはのぼり道　私は下り
あのひとときの出会い
みじかい対話
あかるい　イメージ

風のなか「さようなら」
桔梗が一本ゆれていたつけ
あなたは　やがて

白い夏帽子に真昼の陽をうけ
蝶のように
すすきのかげに消えていつた

石の思想

広い河原にいつて
石の間にもぐり込むのがすきだ
石たち自らの追憶　その二十億年は
昨日のようだ
二十億年前の　青い蝶が
ほら　石原をよこぎつてゆくのが見える
石たちの上を　時間がゆつくりゆつくり
あるいている

ほら　一匹のバッタが
しだいに　巨視像となつて
永劫の空に映し出される
光り　かげり　また光る　雲たち
廻転しながらいつか無の中に消える地球
ぼくも　石たちも　バッタも
やがて　消滅するために
今は
ちからいつぱい光つている

岸　辺

岸　辺

冬の日がかんかん照つていた

川岸の枯草の中から首だけ出して
八十九歳の老人が釣をしていた
釣竿をもつたまま
水に映るちぎれ雲の間をおよぐ
冬の魚たちと昔話をしながら
老人は死んでいた
ちかちかと
日はかたむいていた
一匹の紋白蝶が
よたよたと向う岸に渡つていつた

魚たちが老人を呼んでいた
赤い小さなうきが
かすかな波紋をおこして
沈んだり浮いたりしている

不在の人

山すその丘に
古い観音堂がたつている
そこに住む僧を訪ねた
新茶をいつしよに飲もうと
何度か来たのだが
やつぱり　今日も不在だ

堂は三方あけつぱなし
火のない炉にほこりだらけの鍋がかかつて
いる
ぽつんと一つ
染付の湯呑があつた
風とともにシジミ蝶が飛んできて
湯呑のふちに来てとまつた

堂のむこうに
めずらしく積乱雲の峰がまぶしい

昨日の映像

意識を失いかけたカマキリは
斧を地平線の上に　ふりあげたまま
走る雲を　ながめたまま
枯草のてっぺんにしがみついたまま
枯草がゆれるとカマキリもゆれる
その青ガラスの瞳に映っているのは
残照にかがやく地平線
小さなシジミ蝶の小さな斑紋
遠くでゆれているアザミの花
それらはすべて昨日の映像のままだ

故郷

故郷をもたない男が
故郷をおもつた
故郷を思うとむやみに喉が渇いた
いつも野原と空がむかい合つていた
ときどき雲があらわれ
ときどき雲が消え
ときどき草の間からバツタが飛んだ

壺

千二百年前に
一人の陶工が残したイメージが
暮れなずむスカンポのやぶに

ころがつている
スカンポの根は夕焼け色だ
その人の創つたこの青い壺の形象から
そのひとの姿がかすかに浮かびあがる

その人は
夕焼けいろの草むらから
音もなく立ちあがつたとおもうと
びつこをひきひき
千二百年の時を逆に歩きだした

鴉

広漠たる原野
背に夕陽をうけて　軽快に

飛んでいた　鴉が
突然　死んだ
鴉は高い空から垂直に落下した
と同時に
あかねいろにそまつた野の地平線から
彼の大きな影が
目にもとまらぬ速さで
じぶんの死骸にかけこんできた
この地球に偉大な影を落していた鴉は
心臓マヒだつた

暗　号

あの　時間を逆につたわつてくるものは
何だろう
未来からの暗号

あれは　しかし　人間のそれではない
もちろん　ありもしない神なんかでもない
あそこの沙漠の
だんだん乾燥してゆく　抽象的な空の下で
地上にのこされたたつた一本の草に
すがつて
最後の蝶が発信しているのだ

五月の雉

五月の雉

風の旅びとがこつそり尾根道を通る
ここはしずかな山の斜面

一匹の雌きじが　卵を抱いている
青いハンカチのように
夕明かりの中を　よぎる蝶
谷間をくだる　せせらぎの音
ふきやもぐさの匂いが
天に匂う
（どこからも鉄砲の音などきこえはしない）

一番高い山の端に陽がおちる
乳いろのもやが谷々からのぼってくる
やがて、うす化粧した娘のような新月が
もやの中からゆっくりと顔を出す
――今晩は、きじのおばさん――
平和な時間がすぎてゆく
きじの腹の下で最初の卵がかえる
月かげにぬれてひよこがよろめく
親きじがやさしくそれをひきよせる

（どこからも鉄砲の音などきこえはしない）

ひよどり

がっこうの　かえりみちだよ
ピーヨ
ピーヨ
ひよどりが　ないているよ
大きな竹やぶから
青い空が　すんでみえるよ
みよちゃんと　ぼくが
ひよどりの　まねをしたら
こんどは　ひよどりが
ぼくらの　まねをしているよ

ピーヨ
ピーヨ
なんてんのみが　まつかだよ

分校に行く道

そこにはいつも
新しい太陽が立ちどまつている
秋の山みち
そこでは
すすきが雲に呼びかけ
音もなく赤土の崖がくずれ
風が石ころをころがしている道
この道は
岩山をいくつも越えてゆく道
太陽がしばらく立ちどまつて

遊んでくれるみち
遠い分校にゆく道

孫娘とふたりで

あかるすぎる九月の夕暮
だれもいない丘の石に
二人はこしかけていた
ぼくが何を考えているかも
しらない孫娘は
はしやいだ声でいつた
「おじいちやんの髪の毛　雲みたい」
その時　ぼくは　ばくぜんと
「死」について考えていたのだ
なるほど　丘のむこう

暮れなずむ　とき色の空に
白髪のような雲がひとかたまり
光つていた

動物園にて

「おじいちゃんは　いまごろ
どこらへんを歩いているんだろうな、
もう死んでいるのかなあ」
と、遠くにいる四歳の孫娘が考えた時
その時
じいさんはばあさんと
二十年ぶりに動物園に行つて
ゴリラの檻の前に立つていた
「ほら　ばあさんや、
ゴリラという奴は、何かやる前に

ちゃんとやり方を考えるね。えらい奴じゃ
のう」
「まあ、ほんとにそうですね。あなたより
よつぽどえらいようだよ」
二人はとぼとぼと手を握りあつて
満開の桜の花の下をあるいていつた

風の中で歌う空つぽの子守唄

今日は日曜日
田舎の小学校の庭は
ひつそりしている
窓々に子供たちの
明かるい顔も見えない
ふく風の中で

お前はおじいちゃんの腕に抱かれている
お前の祖父は干乾びた山椒魚のようだ
二つの腕の間を風ばかりが吹き過ぎてゆく

万里子よ
お前は風の中ですやすやと眠つている
お前の頬には
樹蔭のみどりと薔薇色がゆれている
千の光がお前のあどけない唇で唄つている
乳の匂いのするお前のやわらかい肢体は
虚無に浮いている地球と同じ重さだ

かずかぎりもないおじいさんたちが
しわがれ声で唄つて消え去つたように
このあやめの花咲くしずかな校庭で
おれもしわがれた声で唄うよ　万里子
ねんねんよ

ねんねんよ
お前のおじいちゃんには
もう何の夢もない
もう何の願いもない
すべてが失敗と悔恨の歴史だ

かわいい　万里子ちゃんよ
ほらね　いま永遠がとおりすぎるよ
どこかで　かすかな水の音がきこえる
どこか遠いところで牛が鳴いている

系　図

入間郡は田辺の里。
その村の丘にかや葺の大きな家がある。

丹治比古王の子孫の家だという。
冬日の光る苺畑を横ぎり、
鶏小屋の前を通つて案内を乞うた。
「どうれ」というしわがれ声が
ひつそり閑とした暗い奥からきこえた。
出てきたのは七十歳ぐらいの老人、むつと
した顔で私をにらんだ。
「お宅の系図を拝見したいのであります」
と、いうと
老人は意外にも「うん」といつて系図を
出してきて縁側においた。
系図は巻物ではなく、ばらばらの紙だ。
それがいきなり風に舞いあがつた。
あわてて私がおさえていると、
老人はぽつんといつた。
「こんなもん、やくてえもねえだ」
たしかに系図は近世の写しであつた。

が、ともかく
祖先は丹治比古王の一族であろう。
「承和甲寅元年、従四位下実近（王孫）武蔵守として田辺が城に住す。」
またその十九年後には
「仁寿三年二月二十三日、在原業平ここに来る。」とある。
日付があんまりはつきり書いてあるので、私の頭が少しおかしくなつた。
私は青毛の馬にのつた業平朝臣といつしよに、老人に別れをつげて去つた。
二十九歳の業平が私の前を行く。
畦道がせまいので、どうしても私は馬の尻にくつつくことになる。
おおよそ半町ほど馬のあとについて歩いた。
業平は一度もふりむかなかつた。
竹藪の前で馬は左に曲つた。

私は馬の尻に最敬礼をして別れた。
しばらく行つてふりむくと、
高麗郷へ行く坂道の頂上で
西陽をうけた馬上の業平の姿が
一瞬くつきり浮かんですぐ消えた。

拾遺

秋

釣竿の影がうつつている
この無限の中で
釣をする人は
しつかり岩の上に坐つたまま
ねむつている

ねむつたまま竿をにぎつている
今日は川魚たちの祝祭日
みんな青い時間の流れにそつて
さがつている針を
横目でにらみながら通りすぎる
今までどうにか生き残つた魚たちの
今日はお祭りなんだよ
先頭を行く逞しい雄のあとを
紅いろに着飾つた雌たちが
一列になつておよいでゆく
水底の砂にゆれる光る青空と白い雲

人間の世界でも秋祭りなんだなあ！
遠い太鼓の音が
この川底までひびいてくる

足　跡

ずつと昔のこと
一匹の狐が河岸の粘土層を走つていつた
それから
何万年かたつたあとに
その粘土層が化石となつて足跡が残つた
その足跡を見ると、むかし狐が何を考えて
走つていつたのかがわかる

現代詩の発想について

平面と立体

詩のことを書くのに、幾何学を借用して鬼面人を驚ろかすつもりではない。しかもなお、こんな非文学的表題の一章をもうけたのは、私としては私なりに深く考えた結果である。一生を捧げてこの道の生徒となり終ることを念願している私が、この無償の道に今も尚情熱を感ずる所以のものが何処にあるかを考えるとき、その解釈の鍵として発見したものは、じつにこの平凡な平面と立体との問題であった。

詩とは？ その本質としてヴァレリーがいっているように、

「本来、叫び、涙、愛撫、接吻、ためいきなどが暗々裡に表明しようとし、又諸物体が表現しようと思っているらしいもの、それらを節調ある言語によって表現し、または再現しようとするの試みである。」

そうして、これを鑑賞の側から見れば、アランがいっているように、「詩はいつも何処までゆくか分らない船で旅出つようなものだ。そう考えなければいけない。この条件がなければ、注意を捕えるリズムと、それを外らす衝動とを調停する力を理解出来ないだろう。」

詩の発生要素と、効果の分析についてはこれ以上すぐれた言葉を私は知らない。しかも私の問題とするところのものはこの外にある。それは空間的には詩の表現内容の変化の中にあり、時間的には歴史的発展の諸段階の中にあるのであって、平面表現から立体表現への可能性の究明にほかならない。

私は、人類とは一方において必ず何ものかを喪失しながら進化している生物であると思う。他動物と異って変化の速度が早いだけに失う部分も早いのではないかと思う。人間は象のように鼻が長くなったり駱駝のように水槽が出来ない代りに、頭脳の内部組織が異常に発達してゆくものらしい。その代りに他面、保存しておいてもよい貴重な機能や、感覚を失ったことは事実であろう。その中で人間が立体的綜合的な感応力を次第に失ってきたことは最も大きな喪失であると思う。我々が原始的素朴な立体表現力をそのままに充実させ発達させることを忘れて、平面的に分析することによってしか表現出来なくなった、認識の方向が、今日の平面的表現の要素となってしまったのである。この方向が十九世紀末において最高の限界線に達したのだということが出来るのである。この方法ではも早、トルストーイ、ドストイェフスキーの最高峰を越えることは殆んど不可能に近いまでに発達し、完備されているではないか。

人類は原始時代ほどその感応のしかたは全身全霊的であった。それゆえに彼等は極めて狭い認識限界においてさえ、彼等が何ものかに感動する、その仕方は根元的であり、自分が宇宙の一部分としての直続性をもっていた。彼等に対する感動の一つの刺戟が、例えば指の端を針先で突っつくようにその反応は直接かつ全体的であったのだ。

人類進化の跡をたどるまでもなく、人間は必要度の如何によってその進化を左右されて来たので、天上への関心よりもより多く地上的唯物的関心に支配されてきたのである。これは歴史的現実として、まさに必然ともいえることにちがいなかった。より楽しく、より肥沃な土地を求めて人類は八方に展開した。すなわち、平面への情熱が彼等をして、地球上の未知に向って全精力を投じさせたのである。その情熱をさまたげる一切のものと闘争し、これに打克って行ったのであった。そうして人類は全く平面的方法に於いては地球を克服したといえよう。この、じつにながい人類進化の方法、則ち平面的欲望が、何時のまにか人間の発想法、ならびに感応のしかたを平面的に習性づけ、地上的なそして序列的な認識の方向に持って行ったのである。かくて一方彼等の宇宙的感応に対する忘却が始まり無関心が始まり、ついに立体的発想、意味の根本的、直感的把握法の進化発展を忘れたのであった。かくて人類の平面的展開の最後的理論がかの唯物論として今日の世界を支配しているところのものである。それは実に十九世紀末を以ってその最高峰に達した。平面文化は十九世紀に至って、人類が到達し得た空前絶後の、文化を築いたにちがいない。それは人類が不可知と神秘の名を以って、一切の実証し得ざるものを否定した限りにおいては、まさに最も充足した最大文化であった。

しかるに今日われわれは、その十九世紀文化が、実は人類存在意義の何分の一かの合目的々な勝利にしかすぎないことに気がつき初めたのである。いいかえれば、すべての平面的発想法による表現は十九世紀を以って頂点とすることに異存はないけれども、そこには立体的発想による次元の拡大を可能とする表現の発想が全く貧困であることに気がつき初めたのである。諸科学、形而上学をもふくめた最高の人類の知恵をもって、しかもかの原始人が感応した立体的宇宙的表現を、再び二十世紀の構成において発見しなければならないことに気がついたのであった。それはより唯心的でもなく、より唯物論的でもなく、又その単なる平面的併合でもなく、しかも、これらの何れをも質の要素として包括するところの新しい立体的発想である。

したがって芸術は創造だという言葉も平面的十九世紀的発想においては正しいけれども、立体的発想においてはむしろ発見と訂正されなければならないだろう。人間には未知であっても、偉いなる一大思想としての宇宙自体が原始から持っていたものの発見である筈である。そういう意味において科学者も芸術家同様発見者である。原子核の発見、相対性原理の発見、四次元の発見、ラジュームの発見、見よ廿世紀の科学者の頭脳の中には最高の詩人的叡智が今や同居しているのである。

私はここに、文化初発にちかい頃の詩的発想から廿世紀の今日迄の、詩表現の発想を原理的に観察して見たいと思う。

平面的、併列的進化発展の仕方においては、元来立体的表現の産物である詩よりも、散文芸術が一般的に勝利を占めることも当然のことであった。しかも唯物論的な自然主義の散文が十九世紀において勝利を獲得することもきわめて当然である。しかるに廿世紀は平面的進化から立体的進化の方向へ百八十度の廻転を始め、地球上における人類に精神的一大混乱を強要しながら新しい立体的化成に向って動いているのである。人類文化はも早、平面的には何処へ向っても進化する余地を持たない。人類は已に地上にみち溢れている。あらゆる人種がすきまもなく地上に肩と肩とをすれ合わしているのである。どこかの一人が地上で苦しみ倒るれば、全人類がその苦しみと痛みを振動しなければならなくなっている。それ程人間が最初に願望した平面への展開は完全に克服されたのである。

と、同様に芸術における自然主義的発想は、行きつくところまで完全にゆきついているのであり、も早人類はこれ以上に附加し得る何ものをも平面的には持ち得ないのである。されば十九世紀以後、トルストーイ、ドストイェフスキー、フローベル、ゾラ等と同一方法をもってどれだけのものをこれらの大家に附加したものがあるだろうか。否一人もいないのだ。ところが廿世紀的偉大さは既に現われている。只彼らのすべては平面的発想を捨てて、立体的発想によって新しい世界を獲得し表現しているものばかりである。絵画におけるセザンヌ、小説におけるドストイェフスキー、詩におけるボードレール、彫刻におけるロダン等々は近世における立体発想の源流を持った作家たちであった。彼らは実に、立体的発想者、原人的感応力の再獲得者に外ならないのである。彼等の作品の立体的要素を一言にして要約すれば、彼等は物質と精神の何れかの一方が排他的要素を持たぬことであって、必要に応じて物質が精神化され、精神が物質化されて同時的に存在するイデエとしての宇宙を表現していることである。すなわち平面においては対立せざるを得ないこの二つの異質が、彼らの立体の中では合成あるいは調和流動していることである。またそれらは最も幽暗な魂の深部において照応し、全く新しい一つの物質、或いは精神を現わしていることでなければならない。

原始人と小児の表現

「人は自然を理解したがるが、どうしてその前に自然を愛そうとしないのか、何故小鳥の囀きに愛情を感じないのか。」

これはもっとも反自然的な絵を描くと思われているパブロ・ピカソの言葉である。この理解とは分析と綜合による知的な納得を意味しているし、又愛情とは一元的宇宙的な感応の直接的把握を意味している。愛情なくして真の理解に到達することの不可能をいっているのである。

空間と時間の同時的球体的把握は愛情の形において把えられる。これは本能的、原始人的発想の根元をなすものであり、母親が子を愛し、小児が母親を信ずる形において表現されるところのものである。今日文化的な人間は本能の素因を軽蔑し、そのもっとも価値ある部分、愛の感情をも喪失しつつある。すなわちもっともプリミチーブな姿における生存の立体的表現を失ったのである。平面的に一応、諸要素を解体し、不完全なる綜合像を組織した後でなければ、理解することも出来ないし愛することも出来ないのである。人間が解ったとは何であろう。解ったと思う範囲内において解ったのであり、その限界においてのみ彼は対象に向って愛を感ずることになる。このすがたこそ平面科学観が支配した人間の錯誤でなければならない。かくて人類は無邪気に発散すべき愛情を深い孤独の中に押し込め、めいめいが生命の悦びである愛情の爆発しそうな充実の焦燥に苦しみ、無反応の虚空に向ってしか吐き出せない虚無的な生物になってしまったのである。そこでは孤独と虚無の地獄が、彼等の足許に無限の深淵を表わしている。彼らは常にその深さに目くるめき、はき気を催すのである。

今日の芸術は、ともかくも「生きる悦び」の直接的表現を失っている。理解だけでは芸術は生れ得ないのである。原始的表現の魅力と価値は、かれらがすべての価値に対する理解の点では全く幼稚でありながら、その愛情の純粋さと、立体的対象の直接的な把握にこそ大いなる価値があるのだ。

近代文化がこの本能の表現を、いやしいもの、下等なものとして蔑視してきたのは、まぎれもない事実であるが、その帰結として、自然主義的実証主義的理論を導いたのだ。そこでは人間の獣性と悪のみが問題となり、本能の霊性が無視され、方法としては平面的展開のみが重用され、愛の立体的発想が少しも考えられなかったところに、それ自身の一面的な限界を示しているのである。実証され得るものだけが愛の対象となるのならば、巻かれたゼンマイの数だけ時を報ずる時計が絶対唯一の時間であると信ずるのと全く同じ唯物論的錯誤ではないか。

原始人及び小児の霊魂は、可見不可見の如何にかかわらず、宇宙間に存在する現象の一切を信じ、愛し、かつおそれ憎む感応の素因を活々と持っているのである。近代科学の発達は理解し証明し得ざるものの一切を信じ、愛しまたは怖れにくむことを否定せよと教えた。つまり理解するまえに愛することを拒んだのである。いいかえれば自己の存在価値、生きる悦び、すなわち自我の価値をその理解の範囲内においてしか認めないのであった。不見、不可知の世界を抹殺することによって、人間は生成流転する永劫に生命的感動ある生物の世界から、半ば機械の仲間に転落して行かざるを得ないのである。

それ故に原始人及び小児の持つ本能的宇宙性を否定し軽蔑することこそ、文明であり文化であり、進歩であると考えるがゆえに、すべての現象を平面的に且つ逐次的に分解し羅列し、再綜合することによってのみ人間の社会は幸福になると信じたのであった。――かくて人類は、それが失ってきた部分が、如何に重要であったかをさえ忘れるに至ったのである。これら無用のもの！　はたして無用なものであろうか。

私はこの人類の原始本能蔑視の思想は、より東洋的であるよりも、より西洋的思想であると考える。今日の文明社会における西洋の勝利が、十九世紀的唯物思想の勝利である限りにおいて、それは彼等の真の勝利を意味するものとはなり得ないと信ずるものである。すなわち平面的世界観の支配する限りにおいては地球上の真の平和は存在し得ないのである。――つまり平面的な唯物文化のみが支配する限り人類の幸福は、人間が完全な機械にならないかぎり永遠にやって来ない。

人類は原始未開より――文明へ、小児は幼稚より――大人へ、生長進歩することが、長い長い人類史が今日まで示してきた理想の表現であった。さて近代は原始時代より、大人は小児より、すべての点において幸福であろうか。この問は、早急に決定出来ない問題であろう。ということは、人類の進歩発展のあり方に、どこか重大な欠点が、忘れられた何ものかがあることを示唆するものであろう。

文明の名において、人類が幸福と平和を追及してきたものが結局、人類を救い得ないとすればその欠点は人類の思想と方法との中に存在するにちがいない。私はその欠点の一つとして、人間の原始的感応力及び表現能力の喪失について考えて見たい。それは、今日、行き詰った一切の芸術表現の上に何ものかを教えるものであるだろうと思う。

児童の世界

子供達は或る種の大人達が不用意に考える程幼稚な小さい世界に住んでいるのではない。そこには表現以前の茫大な夢が(小児にとっては現実)、宇宙大にまで拡がる混とんの世界を持っている。ただ大人達に通ずる表現の限界が極めて狭いだけである。表現の限界が狭いのは、決して彼等の感応の限界が狭いことにはならない。むしろ大人達の方が、表現の限界と感応の限界を一致させることによって、不可見の宇宙大にまで拡がろうとする感性を、非科学的という制限された知性の名のもとに狭くしているのであって、甚だしきはこの喪失をもって立派な大人への生長と誤信しているのである。これこそ新しい時代の科学的と称する迷信にすぎない。

狭められた人工的社会に適応する為には、それらの実生活に無益なように思われる世界は不用なのである。しかし、この不用とするものがはたして不用であるか、それは人類知性の傲慢が不用としただけであって、実際は人類にとって、非常に必要なものであるかもしれないのである。それらの喪失が人類の不幸を招く原因であるかも知れないのだ。幸、不幸は兎も角として、子供たちをよき大人――よき社会人にするための教育が、今日でも尚この宇宙への感応力をできるだけ早く抹殺して、出来るだけ早く平面羅列の現社会秩序の中へ順応させる方向を取っていることは事実である。したがって表現の困難な超現実的感応力――さきにもいった通り、彼等にはこれあるがためにぼう大な風船のように多彩な色や夢に満され、この世ならぬ光にてらされたあの豊かな新鮮な立体像を持っているのであるが――この比類なき立体像を如何に早く、また如何に完全に粉砕喪失せしめるかということが教育や進歩のようにさえみえる。子供にとっても、誰れよりも早くこの自らの立体像を捨て去って、沙漠のような大人の巧智を学び取ることによって、その児は秀才型の優良児となり、有用な人物となるのである。ところが、不幸にして大人になっても、この素晴らしい立体像を手放さなかったものは、不完全な社会人として、あらゆる有形無形の圧迫に出会って、常にそれらへの抵抗のために苦しまなければならなくなる。すぐれた芸術家は恒にかかる素質を多分に持っている。かれ等は立体世界の持ち主であって、その表現方向は決して平面的追加ではなく、立体の深さ重さ広さへ向って新しい価値の探険者として出現するのである。しかるに今日における文化全般の方向は已に平面探究の極限をつくして、も早平面的には何ものをも発見することの出来なくなったことを充分に認識した人達によって探究されていることを知る必要があろう。

絵画の方では、印象派から——後期印象派——立体派——超現実派——抽象派、への方向はまさにそうであるし、詩も文学もこの大いなる方向から別な歩みをなすものではない。

これは又芸術の方向ばかりではなく、哲学物理の方向においても、単なる唯物論的平面的探究のイデエはすでに克服されているだろう。

以上において、原始人と小児は共通した世界像と感性を持っているし、かれらが、平面的分析的方法によらざる立体的、直観的認識能力を多分に持っていることを考え、近代人が、その本来の能力を軽蔑し喪失しつつあることを説いた。が、今日我々が直ちに原始人となり、大人が小児になれというのでは勿論ない。ただ、これら喪失した能力を、より大いなる、より深い認識のもとに再発見し、再活用すべきだと考えるものである。この素朴なる観念から私の立体発想法の理論は出発するのである。

それについて、私はもう少し小児の世界を考えて見たい。

人類は宇宙と共に存在しているということを最も謙虚な心をもって、最も身近かに感じ得るものは、恐らく大人よりも子供であり、文明人よりも原始人であろう。こんなことは当然すぎて現代社会と何の関係があるかという人があるかも知れない。けれども立体発想の問題を考えるにはこの辺のところから出発しなければならない様に思う。——今まで我々が常識としていた平面思考の秩序が、すぐれた廿世紀の科学者、芸術家達によって、その発想の誤りを教えられてしまったからである。時間と空間は今までとは全く別な姿でわれわれを取巻き、原子や中間子の発見は全く新しい宇宙構成の秩序を示しつつある。少くともそれらの発見が暗示する一つの宇宙観は、十九世紀的唯物論のほかに、全く新鮮な第三世界ともいうべき宇宙体系の認識を示しているように思われる。十九世紀的三次元の世界像は更に拡大され、また質と価の変更を要求する第四次元以上の像の中に次第に小さくなってゆきつつある。

芸術界においても、ほとんど越ゆべからざるように見えた十九世紀の次元を越ゆるために、あらゆる努力が行われつつあることは廿世紀の天才たちが示している業績を見れば明瞭である。その中で一つの探究として、原始文化と小児の仕事との再発見と研究が試みられつつあることも著しい事実であろう。

ルッソー、ゴーギャン、ゴッホ、セザンヌ、マチス、ピカソ、ロダン、マイヨール等々の努力もまた原始と小児にもどって新しい発想の諸要素を探っている。

詩人たちも、ボードレール以後、マラルメ、ヴェルレーヌ、ネルバル、ランボオ、ヴァレリーたちの努力も拡大された宇宙と人間像の立体表現の探究に向っていると考えることが出来る。

小児の認識の世界は平面ではなく立体である。それは極めて素朴でありながら、しかも真の叡智の光に輝く直感であり、時間と空間との差別なく純粋であるが故に、大人のつくる平凡な芸術の説明的平面表現に何等の魅力をも感じないのである。その反面、彼等は、もっとも深い感応の深処から全く独創的に構成された作品を愛し理解するのである。彼等の理解はあらゆるもっともらしい説明を超越している。つまり理解でなく愛である。彼等は平凡な大人達が美しいと感ずる写真的風景画よりも更にピカソやマチスの作品の方を愛する。何故ならピカソやマチスの作品は世の人々が考えているのと逆に、説明的要素を捨て去った、純粋な感動による表現だからである。その純粋さが小児等の純粋さに直かに感動を与えるのである。

子供達の感応力の純粋度を失った大人達は、自分達が解らないから子供達も解らないだろうと勝手に決め込んで、ピカソやマチスよりももっとずっと平凡な説明的絵画を彼等に教え込もうと努力する。これこそ無理解と愛情の名における暴力的強要でなくて何んであろう。

——こんなものどこが面白いのか、何が画いてあるのかさっぱり解らんじゃないか？ 人間はこんな形をしていないよ、花瓶はこんなに歪んでいないよ——と彼等大人は平面的発想による見方から、子供達の純粋なすばらしい立体的感応力をぶちこわそうとするのである。大人は子供達を立派な社会の有用な家畜にするために、真心と愛情の名において、すばらしい子供の立体世界を不用なるものとして否定し、平たく平たく並んだのしいかのごとく平面の方へ導こうと努力するのであって、かくて人間はあの貴重な立体感応と、表現の要素を自ら失うことになったのである。子供から大人への生長の間に、人間は不知しらずかくの如き犠牲を払っている。それこそ近代社会組織が人間へ強要する本質淘汰の方向である。しかし、真の人間の叡智は、近代を超越して原始的、小児的立体感応の能力を一層新しいイデエによって捉え表現する真の人達を求めて止まないであろう。

大人は子供の延長であるが、子供は大人の縮小ではないのだ。

ここに問題の鍵がひそんでいるのだ。

詩人とはけしつぶの中にも大宇宙の確率を発見する人のことである。子供に写生的観察をおしえ、客観と称して平面的分析と羅列方法を教えるのはいいけれども、そのために子供からあの素晴らしい立体像を暴力的に破壊するのは誤っている。子供は立体の世界像を殆んど無意識的に持っている。彼等は秋空における一匹のトンボにも、無限と虚空におけるトンボの実存的位置を感じとるのである。かかる種類の叡智を大人は喪失している。足が何本あって複眼でどうのこうのという分解羅列的非生命的理解よりも前に、生命のなかにおける活力としてのトンボ、愛の中におけるトンボを認識するのである。こんなに確かなつかみ方、こんなに宇宙との関係におけるつかみ方が大人の世界のどこにあろうか。それ達人は大観するというが、大人は達人でなければそれが出来ないのだ。このように実存を虚無の深淵においてつかみ得る能力を、大人達は失ってしまっているのではないか。子供達が、大人に通用する表現方法を知らないからといって、この子供達の立体世界を無視する大人達の習慣は、まさに唯物的実証主義の誤れる観念でしかないのである。子供は実に混沌の中の個の意味を、ものそれ自体の分類的存在ではなく、生きて動く、宇宙秩序との関係としてつかむのである。このつかみ方こそ実在の意義を直接に感応し得る方法ではないか。すべては関係において存在し、生き、しかも美しいのである。リアルとは物それ自体が示す姿ではなくして、万象の保持する秩序におけるそのものの位置でなければならぬ。それは宇宙における時間と空間との秩序をつかむことである。この秩序における位置の表現こそ、リアルの表現であるのだ。そこでは必然と偶然とが同等の価値において存在し、超感覚的因子が感覚的物象を強力につないでいる筈である。そして虚無的観念こそ子供達に「生きる悦び」を不断に与える原動力である。虚無とは思想としての愛の別名である。

万象はすべて関係において価値を生じ、それ自体において存在価値をもたぬ表現不可能の物質にすぎないであろう。人と地球、日月と地球、プロレタリアとブルジョア等々、あらゆるものは平面的には対立せざるを得ない。何故なら平面はそれ自体、重なりを否定するからである。しかるに立体的イデエにおいては何等の対立をも示さず調和し得るのである。地球が人間にとって実存するのは、地上にいることによって認識し得るのではなく、宇宙圏における他との関係において実存することを知る以外に方法がないごとく、一切は関係における位置の認識こそ、真の価値認識の方法であり、リアリティの把握であるだろう。詩とは平面秩序の表現ではなく、立体秩序における真の価値表現でなければならぬ。

原始人及び小児はかかる価値認識において近代文明人より、また大人よりずっと直接的立体的であった。

あはれ　　　天晴れ
あなおもしろ　ああ　面白
あなたのし　　ああ　手伸し（楽）
あなさやけ　　ああ　愉快

をけ　をけ

これは古語拾遺に出ている天岩戸びらきに歌われた神々の合唱だということになっている。この歌がおそらく日本で最古の歌であろうことはその感応のしかたが極めて原始的であること、つまりすべてが関係において捉えられ、漠然たる立体感を表していることによってもうなずける。暗黒の中で突然天が晴れたときの感動が、立体感応をもって表現されているのである。ここには分析的並列的な叙述がない。

あはれは、今日では哀れとなり、生々とした悦びの表現の感覚を失ったし、面白も顔が光線で光る具象的感動がなくなっている。たのしも手伸しだとするとリアリティがあるが、今日では全くの抽象語である。だから今日の語感からすると、この歌は全く具象性のない感嘆詞の平面羅列にすぎないが、当時にあっては感動の立体性をあらわし得た純粋な具象性を持っていたことがよくわかるであろう。

これはまた子供の表現に非常に似ているのであって、「生きる悦び」が表現上の凸面となってその背後に無限に深い宇宙的寂寥感を素朴に現わし得ている。これが後世の作品ならば生きる悦びの偽善的表現はずっと巧妙になってくるかわり、背景にある表現以前の虚無感は全く浮き上って来ないであろう。背後に亡霊のようにひろがっている宇宙感の表現がない。この宇宙感の無意識把握こそ、原始人たちの立体的感応の表現である。文化の進歩は次第にこの感応力を失ってきたことを示している。例えば、古事記中の短歌の初まりだと称される次の歌、

やくもたつ出雲やへがきつまごみにやへがきつくるそのやへがきを

という歌は前の歌と同時代の作品となっているけれども、ここには直接的な宇宙的感性による立体的表現は全く失われて、抒情的なリズムの平面的な羅列が初っているのであって、社会文化の段階がよほど前歌の時代よりは近代化していることを示している。したがって表現文化が、平面的展開を急ぎ初めた時代の作品であることがわかる。

それにくらべるとむしろ、

さねさしさがむのおぬにもゆるひのほなかにたちてとひしきみはも
やまとはくにのまほろばただなずくあをがきやまこもれる

の方が立体感はゆたかに捉えられている。しかし私は古歌の年代をここで考証するのが目的ではなく、人類文化発展の実際が、表現上の立体感喪失をもたらしたことを考えているのである。つまり人類が平面化の秩序に向って発展することを真の文化の

ように誤認していることを指摘すれば足りる。人類が必要でないものを忘却するのは当然であるとしても、必要か必要でないかという真の意味は、なかなか解らないものと見える。奈良朝以前にあって、硝子容器の製造を知っていた日本人が、平安朝以後一千年の間これを忘却していたくらいであるから、全く無用としか思われないであろう表現上の立体感喪失など、むしろ当然である。その間にあって、もっともすぐれた芸術的素質のみが、立体感の喪失なくして深さと高さの宇宙的無限の表現を維持してきたのである。

立体への情熱

小児や原始人が元来立体的存在であり、その素朴だが、しかし不思議な表現法を研究することは今日でも大いに意味がある。彼等の表現様式を、われらは今日技術的に最も幼稚下等なものとして笑うのだが、笑う前に我らが失ってどうしても表現出来ないあるものを彼等が持ってはいまいかと考えることの方が大切ではないか。純真な笑いを誘うということそれ自体さえ彼等が示し得た表現の一価値であることに、気がつかねばならない。今日我らのもつ芸術にあの純真な「笑い」を誘ってくれる芸術は殆んどない。けれども絵画についていっても、ルッソーやセザンヌやピカソ、マイヨール等近代フランス美術に、その無心なる人類の宇宙的「笑い」が含まれていること、それはわが富岡鉄斎や石濤、八大山人の画などにも共通するもので、それが近代芸術の新しい一つの要素でさえあるのは、原始的立体表現が、単に未熟であるばかりでなく、実に恐るべき表現の真理を含んでいることを示すものであろう。

小児や原始人は平面的に羅列する方法を知らない。という意味はかれらがすべての物象を立体的な発想において並列的説明的でなく、同時的で且つ重複的に表現しようとするために不思議な混乱が平面上に現われるのである。実はこの混乱こそ近代人が失ったもっとも尊いものであることに気づかねばならない。ピカソはこの混乱を秀れた感覚と知性と純真な抒情をもって横に平面的に整理するかわりに、深さにおいて奥行きにおいて、つまり思想的立体の中に四次元的に整理し具象化したのである。新しい立体の秩序を創ったのである。思想なき画面上の立体感などは今日では殆んど平面と何等の撰ぶところもない視覚上の気休めにすぎないだろう。日本画の平面を笑う洋画家の表面的立体感もすでに五十歩百歩で陰影や幾何学的遠近法などというものも単なる視覚上のごまかし以上のものではないであろう。眼と腕との絵画はイデエと愛とを失えば、いかに視覚上立体的に構成されていようと、究極のところ平面に等しい。そこには小宇宙としての人間の全霊全身的な立体発想がないからである。

わが古墳時代の絵画に幾そうかの船にのった人々の線画を見たことがあるが、それは一つの船の上に重ねて、また別な船や人が描かれていて三度ほど同一の画面に重複しているのである。重なっていない部分もあるが、原始的絵画や幼児の絵画は大体こういう形式と手法を用いるのであるが、これは彼等が卒直に自らの持つ立体のイデエを表現したと見ることが出来る。これを単に近代人の平面解説的習慣から幼稚な表現としてのみ見るのはむしろ近代人の無知を意味するものではないか。ともかくも彼等原始人は、四次元の世界を持っていたことを表現しているのであって、近代人が普通表現の上で根本的には二次元に終始していること、つまり平面展開の表現しかなし得ないことと較べると彼等の方がむしろ深いイデエを表わしているということが出来る。或いはいうだろう。近代絵画には遠近があり量がありマチエがありツーシュがあるではないかと。しかし、それらは究極のところそれだけでは立体的平面にしか過ぎないではないか。イデエとしての立体は把握されていないのである。立体的にはなったけれども、真の宇宙との関係における背景に無限の虚無をもつ立体ではなく、単なる現象の錯覚的立体感の表現であって人間のもつ時間的空間的な真の立体感応（生命的実在）は遺憾ながら充実していないのである。そこにゆくとピカソは確かに視覚的一方的立体から、イデエとしての立体、すなわち宇宙的な四次元の立体に向って進んでいることがわかるのである。

元来、東洋絵画の一つの秀れた方向としてかつてあった理念は、このイデエの宇宙的把握、立体的表現であったものが、西洋画の無反省な影響から今日では全く方向を見失ってしまっているといえる。牧渓、梁楷あたりを最高表現とする、あの立体表現の伝統はどこに消え去ったのか。あれらこそ西洋人が今日も尚充分には気づかないでいるところの四次元的表現法の貴重な伝統ではないのか。今日の一般洋画と牧渓の八呵鳥と、どちらがイデエとして、より立体的であるか、しずかに見極めて欲しいと思うのだ。この伝統は日本で、岩佐勝以、俵屋宗達、宮本武蔵などに受けつがれているけれども、そのイデエの深さはついに牧渓に及ばなかったし、それ以後日本絵画はこの伝統を喪失してしまった。かつてこのイデエを東洋画論は気韻生動という言葉で表現していたが、近代人には一寸理解しにくい神秘的な概念でありすぎる。画面は一つの物質的、感覚的世界を表すものではなく無限の宇宙を仮象するものでなければならない。

人類文化の平面的分析的情熱は行きつくとこまで行きつき、すでにその情熱は次第に蒼ざめつつある。かつてわれらの祖先はこの情熱への高さの故にすばらしい文化をきずいたが、われわれはもはや平面発展への情熱を失った以上、新しい立体発想への具象ある情熱を発見しなければ「生きる悦び」への創造は生れ得ないであろう。

かかる意味において、画面という一つの対象を無限の空間として（宇宙として、則ち思想として）受取ることの出来る小児や原始人の発想を再び新しい認識のもとに探究しなければならないのではないか。詩における発想もまた根本において絵画と同じであろう。

合理的論法が人々を納得にまで強要するのは正に一種の暴力のごときもので、人間を卑小にする。詩の本質は全くこの合理的論法と正反対の極地を示す人間の表現様式である。

「宇宙は一大機械よりも、むしろ一大思想に比せられるようになってきた。精神は、もう物質界への偶然的な侵入者とは考えられず、我々はそれを物質界の造物者として、又支配者として、これを迎えてもいいように考え始めている。もとより、これは我々自身の精神ではなく、我々自身の精神を生ぜしめる原子が、思想として存在するところの精神をさすのである」（ジーンズ）

「既存のモニュメントは、それ自らの中に一つの理想的秩序を形造る。その秩序は、芸術の新しい（真に新しい）作品が、その紀念物の中に紹介されることによって修飾される。新しい作品が現われる以前に、現存の秩序は完全である。新しいものが併発した後、秩序が持続される為には現存の全秩序がたとえ極く僅かにしろ変化されなければならない。かくて芸術作品の全体に対する関係、釣合、価値が再び矯正される。これが新旧の間の適合である。この秩序の観念、欧洲並びに英国文学の形式に対するこの観念を是認した人は、誰でも現在が過去によって指導されると同様に、過去もま

た現在によって変化をこおむる可きであるということを不自然とは思わないだろう」（T・S・エリオット）

芸術の価値批判に関するこのエリオットの見解とジーンズの宇宙観についての見解、特に「宇宙を一大思想」と考える見解に、私は最も敬意を表するものであり、このささやかな立体発想論も、次章以後に示す実作研究の態度も、この二つの思考によって一層刺戟されたことを一言しておきたい。

抒情について

短詩形文学における反抒情性の問題が、今日非常な関心を持たれているのは当然のことだと思う。それは歴史性の問題としても、表現に対する新しいイデエの問題としても充分に研究されねばならない文化的段階に到達しているのだ。随って俳句、短歌、詩のそれぞれの分野においても既に名論卓説が非常に多いことと思われるが、今迄誰がどんな意見を主張し、誰の見解や作品が問題になっているかについては正確な材料を集めていないので、ここでは他の人の意向に賛成したり反対したりすることは止めて、自分自身の問題として考えて見たいと思う。で、現代短文学の抒情性について、仮に二つの相へだたる立場からこれを眺め、後に私自身の方向を示して見たい。この二つの立場というのは、在来の日本の短文学が示し得た抒情性をそのまま大きく肯定しながら、それを土台として新しく伸張してゆこうとする立場と、既存の抒情性なるものを真向から否定抹殺することによって新しいポエジイの新性格を創造せんとする立場との二つがあるように思われる。実際ジャーナリズムの上では旗幟を明示する必要上から自らの中で二つのイデエが同居している場合にも、どちらか一方を強く支持して表現する方法に偏しがちであり、読者もそういう歯切れのいい評論をよろこぶのである。これは個人にとっても一つのグループにとっても色々な意味で有効な武器ともなり、自己表現の積極性は多くこの方法によって示されるが、他面それは、議論のための議論、評論のための評論となりやすく、若しそれが実作者ならば、自作品を必要以上にカバーする宣伝の方向となり、批評家ならば、ともすると実作の存在定位をあまりに無視し飛躍しがちであって、容易に実作者を納得させ得ないものが多い。作品は単なる観念でもなく、平面の物体でもなく、完全な肉体と精神であり、生きた立体であるから作者から生れ落ちると同時に自らの生命を持ち意志を持ち、独自の宇宙として生成すべきものであるから、なかなかに一片の批評などで満足には決定しにくいものだ。

私は芸術家のすべての努力は在来の芸術にほんの一ミリでもプラスする何らかの意味を附加することだと考えている。そういう意味で在来の短文学が、そのまま完全であり充分なるが故に、も早何等の附加も変化も発見も創造も必要としないという考えは持ち得ない。したがって理論上今迄示し得た芸術の限界の踏襲に満足出来るわけはないと思う。満足出来ないが故に、過去の芸術の性質の批判はいよいよ益々盛んに行われ、新しい価値との比重を常に量らねばならないであろう。それゆえに、われわれは常に、出来得れば一切の先入見を排して、過去に生れたものの価値の実存のしかたを、無限の虚空の中で全く新鮮な眼をもって測定することが必要である。宇宙に出現した全く新しい星の位置と性質則ち位相を測るようにはからねばならない。でなければ同一面上における既存概念による批判は無限に平行線上を走って、単なる二次元の時間的徒労な繰り返しがあるばかりであるからである。

　時間の表面にただ泡のごとく浮いている通俗性を単に刺戟するだけの目的であるならば、どういう思い付きの放言も、それぞれ遊びとして意味があり面白いにちがいないのだが、どんずまりまで追いこまれたものの必死に立ち直ろうとする努力なくしては、如何なる芸術といえども一ミリの進歩をも獲得することは不可能であろう。それ程、真の創造は至難の技にちがいない。しかし私はここで勤勉力行の修身のお説教をしているのではない。未だ無数の科学的諸発見と等しく、芸術上の発見も、この宇宙の幽暗な精密な部分に新しい星は無数に転っている筈である。創造への何らの意欲もなく、この空間と時間をただ本能的に素通りすることほど、人間は無益な自然な動物ではないように創られてしまった。

詩人（に限らずあらゆる進化を求むる魂たち）はあえてこの動物的退屈な時間を歩かないところになければならない。いつの世にも驚くほど無数に出版される書物の中に、実際はどれだけの創造の原子や胚種が含まれているだろう。そこへゆくと少数の真の詩人は何げなく紙の上に命をかけた一行をばらまいている筈なのに、これは通行人の方が、その量の貧弱を見て、さっぱり有難たがらないばかりか、軽蔑さえして通り過ぎる。人々はカイコ蛾の卵ほどにも大事にしないのだ。馬鹿ばかしい愚劣なセンカ紙の山にのみ驚きと尊敬を送る人々は、一行の秀れた詩が比重において数百倍も重いことを知らない。アルミニュームと金の比重程違うのだが。創造的価値とは分量でなく比重の高さなのだ。無限の虚無における絶対の価値なのだ。すべての星はその大きさによって我々にまで尊いのではなく、太陽星や月星は地球との関係と位置によって貴重なのである。そういう意味の定位が、在来の日本短文学の抒情性についても、もっともっと充分に測量されねばならないであろう。

十九世紀は、事物の性質の分類的研究に没頭するに急で、あまりに時間を費し過ぎたために、事物の絶対的位置を測るところまで手がとどかなかったらしい。そういう性格が十九世紀を規定している。ところが二十世紀に入って、相対性原理の発見があり、四次元線の発見があり原子力の発見があった。つまり二十世紀においては性質の研究よりもむしろ関係における位置の研究が盛んである。芸術方面においても、平面的自然主義科学研究の方法は、すでに限界に達し、同一方法ではもはや何ものも探究するものが無くなった様に見える。分析と綜合の無意味な繰り返しは今日では全く意味を喪ったのである。ルフェブルという人が「アランとのひととき」の中で次のような面白いアランの言葉を引用している。

――で、全くゾラがある人たちに誘うのは、滑稽の情なのだ。いい方を換えていえば、この悲観的観察家が「生の悦び」を描くときに、われわれを引き入れるのは死ぬことなのだ。え、どうだろう。笑わずにいられないいじゃないか。――

――それがいろんな事実の感動と芸術の感動との相違なのですね。いろんな事実の感動で読者を欺まそうとしたり、その同情をごまかして得たりしようとすれば、ものを知っているものたちならすぐにまずそれを嗅ぎつけてしまうだろう。また一方では、そのやって見た結果に駄目にされてしまうだろう。感動をせびりとる、写真のような引写しに。その名に価する読者であったら作品には、生活では読者に与える力がない別種の感動を要求します。いろんな事実の感動とも、質として世に優勢な感動とも同時に違う美的な感動をです。――

私はここで十九世紀的自然主義が結局、その主張に反して逆効果しかもたらさなかったという意見に注意せねばならぬ。

私がいいたいのもつまりそのことで、在来の日本的抒情文学が、も早われわれに、われわれの望む抒情の美感とリアリティを与えなくなったということが問題であって、これらの見本がすべて、寂寞たる空白しか意味しないようになってしまっていると考える人が多くなったということである。何しろ嘘を吐こうと思ったら、逆に真実を語ればよくなり、真実を伝えるためには如何に嘘をうまく語らねばならないかというような、我々が今まで経験的に支持してきた表現の方法が社会や文化の複雑化によって、何時の間にか、裏がえしにされてしまった現実に気がつかなければ、短文学におけるわが抒情性の問題も本当には理解出来ないわけであろう。

そこで我々は何故、すべての表現が裏がえしにしか理解できなくなったかということを考えねばならない。一口にいえば十九世紀までの世界観の基準が平面発想に支配されていたということであり、それに反して廿世紀は、立体発想のイデエに到達していることに原因していると思う。立体発想とは、原子核の体積的充実を意味している。十九世紀までの我々人類の発想は、その発展し開拓すべく地上的未開拓の茫大な宝庫の故に、すべての幸福や善や、繁栄や、の追及が平面的に発展展開してきた。その線に沿って思考を行うことが一番有効でもあり便利でもあったのである。その線の行きづまりが、地上における未開拓地の欠乏とともに文学思想上においても、所謂自然主義的方法の完成によって結末が来てしまったのである。つまり平面的人類文化の行き詰りがきたのである。われわれはも早この方法では、ゾラ、フローベルを初めトルストーイ、ドストイェフスキー等々の十九世紀大家の上にプラスする何ものをも持ち得なくなったのだ。それ故にこそ、廿世紀において新しい立体方法が眼醒めてきたのである。も早すでに、多く予見的選手、否先駆者達が各界に現われている。プルースト、ジョイス、ロレンス、ウルフ、リルケ、ヴァレリー、エリオット等々。少くともこれらの人々は自然主義的平面発想を、認識原理として拒絶している人たちである。

実に人類抒情発生の表現は、平原的広漠へ向って、その広漠が秘《か》くしているところのあらゆる未知なる富と美と平和とに向って、限りない本然の願望と認識から出発している。約三千年前の民間地理物産書といわれる支那周代の本、山海経《せんがいきょう》に内包された、イデエと情熱とイマージと欲望が（すなわち抒情の要素）いかに平面への愛とポエジーに充たされているかを見よ。かかる時代の人間情愛の表現には殆んど本能的欲望以外、何らの思想の深さを必要としなかった。そこにはただ新しい地域への行動の要素のみが必要である。その行動を刺戟するところの生物的抒情のみが必要である。進め、進め、あらゆる未知なる地方へ進んで、不思議なる宝を探せ、しからば勇者よ汝は地上の富と繁栄をさずかるであろう。彼らはひたすら平面の未知へ向って大波のように進撃してその全身の抒情を波打たせた。ああ、その進撃の結末が十九世紀である。それ故にかかる人類の方向には、未知なる土地への茫大な夢とともに、すべての抒情は地上的平面の花々や宝石や不思議が充実していて、そこにはただ一片の虚無も姿をあらわしていなかった。しかるに、かかる未知なる土地も夢も富もなくなった今日、依然として毎日々々生れ出る何億の人類は、彼らが眼を開いた時には、ああ、この地上にはただ一寸の土地もなく何の未知も夢も平面上に見出せないのである。そこには空白な無限の虚無だけが重くたれ下っているばかりである。この虚無こそ全く平面でないものすがたでなければならない。今日の我々が、未開拓地探求時代の平面的情熱、平面的抒情性を喪失し、平面時代の抒情性に額面通りの美を感じなくなったのは当然すぎるほど当然でなければならない。

それ故に、山海経においても、詩経においても、はたわが万葉集においても、彼らの抒情のひびきは、希望にかがやき、花のように自然で、そうして高い匂いに満ちていた。それはあまりに地上的であった。生きる悦びそのものの響きと匂いも平面的であった。それ故にその響きの反響はあまりに揮発的で、精神の無限の未知から別な秩序の木だまがいんいんと反ってこないのである。

「又東三百八十里。日猨翼之山其中多怪獣水多怪魚多白玉多蝮虫多怪蛇多怪木不可以上」

（「山海経より」）

この文章など山海経の中最も平凡なものである。しかもこの時代の人類の頭脳がいかに未知なる土地への夢と地域的怪奇な幻想に充たされていたかがわかるし、当時の人類がその幻想の事実に向って探求する歓びを生活の全面において抱いたかが想像されよう。人類の平面抒情の方向がじつにここに発祥しているのだ。それらは確かに平面人類のあけぼのを抒情した時代の豊かな生命であった。

この雄大な平面の大河は已に三千年以上も続けて流れた。その流れが結局十九世紀末まで続けられ地上にあふれて行詰ったのであった。ところが今日のわれわれは、二十世紀に住む人類である。そして自分らがいつの間にか平面人類でなくなっていることに気がつかないで、古い認識観念の持続の中で住んでいるのである。だから、言葉がいつの間にか昔のように真実を伝えなくなり、真実は嘘となり悲しみは笑いとなり、すべての表現が逆さまに映り、抒情は沙漠となり、雨にうたれた七夕の色紙ほどの魅力も与えなくなってしまった。

これは抒情そのものの本質的変化ではなく、それを認識する人類のイデエと「現実」

の変質である。ピカソの絵が最も新しい抒情であると考えられるのは、そういう意味からである。も早、感情も正確に計算されねばならないであろう。

平面的抒情の方法は、結局一つの生活的時間しか認識しなかった。否、他の時間に気附いていたけれども、それを自我の場において、空間とともに一つの価値として構成することが出来なかったのだ。私は、リルケやプルースト達のような人々が、人類はただ一つの平面的時間の中で生きているのではなく三つの時間が構成する場で存在しているということに気附いた初めての人達であったと思う。この三つの時間は、実際は別々な秩序の中に存在するのではなく、今まで一つしかないと信ぜられたものが三つ以上の、質を異にした時間による構成であることに気がついたのである。少し余計な説明をすれば、一は、客観的と称する歴史的、社会的な時間、二は、主観的な自我の時間、個体特有の経験の時間、三は、神の時間、宇宙のもつ未知の時間であろう。観念的には、この三つの時間は平行しているように見えるが、実は原子核のように集積して自我を形成し宇宙像を形成しているのであろう。自然主義者は、この複雑な時間を、ただ最初の第一の時間しか実存していないと見誤っていた。すでに時間が形づくる場がかく平面でなく立体である以上、今までの平面発想が強制する時間の秩序というものが、ほんとうは実在の皮相の一部分でしかないことが解ってくる。かかる時間の平面秩序から飛び出し得ない心理、その他の概念の探究も、要するに自然主義的な方法の延長でしかあり得ないだろう。

かくてわれわれは三つの時間からなる新しい時間の概念を持ち得る。われわれの新しい抒情はこの概念の幽暗をくぐり抜けて来なければならないだろう。だから私は初めてここでいえるだろう。在来の抒情詩はおそらくすべてが自然主義的平面的抒情ではなかったかと。

雨は縦にも横にも拡がりを持って降るけれども、人間は地上という平面を横にしか歩くことは出来ない。人間が上下へ自由に歩き得ると考えるのは、人間が思考によって生活している証拠である。も早、地球はあまりに小さく縮まり人々にみちあふれて、地球の反対側で、倒れた一人の人間の悲しみの波動さえ、直ちに感覚し得るほど目白押しに充満して、新しい土地への希望は失われている。すなわち抒情の平面への悦びは行詰ってしまったのである。思考の高さと深さへの無限の道だけが残されているようだ。それゆえに、立体の不思議な鬼である虚無が、われわれを導きはじめたのだ。絶対への限りない誘惑と彷徨がのこされているばかりであろう。全く質価を異にした新しい抒情が出生しなければならぬ時である。

裏街道

一

「女房の自慢をするのも変なもんだが、俺の女房には実家があるんだ。」と、三吾は時々ひとりでつぶやいては、その意志薄弱な美しい顔に満足げな微笑を浮べるのであつた。といふのも実は三吾は実家といふものを持たないからで、彼に好意を持つてくれる彼の方の親類といふものも一人もゐなかつたので、ともかくこの広い世界で、彼に好意を持つてくれて、いやそればかりではなく、あらうことかある種の尊敬さへ未だに持つてゐて呉れるのは女房お時の親たちたつた二人だけだつた。それは三吾の親類に偉い博士が、一人ゐるといふので立派な大学までも出たんだから三吾もいつかあんな博士になるかも知れぬし、それに村の小学校を出たつきりの自分の一人娘お時には全く勿体ない程立派な御亭主だと、老人たちは神の様な素樸さで極め込んでゐるのだつた。
それでこの節、お時が、あんまりはげしい貧乏に耐へかね、その上三吾は少しも発憤した様子もなく、あひかはらずのらりくらりしてゐるので、思案にあまつて老人夫婦に愚痴つぽい手紙をやると、きまつて老人からは大略次の様な返事が来るのだつた。
そりやおまいさまのつくし方がまだ足らぬからでえらくなる人といふものは、どこかちがつたところがあるもんであるからして、おまいさまもむかしよく家でしたよなふくれつらなんぞしちやなるまいが、ぢいさんはおまいさまのだんなさまのえらいちゆうこたちやんとみぬいちよるぢやでおまいさまもよくよくしんぼうが第一ぢやよ
おときどの
と、いふやうな文句が何かの広告のビラの裏に書いて来るのであつた。お時にして見れば、自分の亭主が偉くなることなんぞ、考へても見た事がないのだが、さう言はるればさうかも知れぬと思ふし、またうちのひとのどこにそんな偉いところがあるのかと不思議に思つたりした。でもこの二、三年といふもの、何かと言へばすぐ殴ぐつたり蹴つたりされたんでは、未だに惚れこんでゐる亭主ではあるが、情ない気持になるのだつた。二た口目にはお時の実家を軽蔑して、ろくでなしだの貧乏人だのと自分に当り散らしてゐた三吾ではあるが、このごろではそのお時の実家さへもが彼には有

難い存在になつて来たのであつた。それで、時に、「俺の女房には実家があるんだ。」なぞと、何かにつけ妙なひとり言をいつては頼りない笑ひを浮べるのであつた。

少しばかりの遺産が残つてゐる間中、三吾もお時もこの世の春ばかり楽しんで、のんべんだらりと遊んでゐたも同然だつた。結婚してから七年にもなるが、三吾は自分の志望である小説を書くことの修業といふか、また有名になるための努力といふのか、自分では遊んでゐても偉くなるつもりらしいが、そんな実際的な勉強は真剣になつてやつた事がなかつた。と、一口で言つてしまつてもいい程彼は、まあ言ふならば不勉強だつた。それも三吾に言はすれば種々な苦労もしてゐるつもりであつたが、世間ではてんで彼の苦労を認めないのであつた。だから彼は少しも苦労をしてないといふ方が本当らしい。で勿論、彼の古い友人達のやうに高名になつたり金が入るやうになつたりはしないのであつた。そしてその友人たちとも何時の間にかつき合へなくなつてゐるのだ。兎も角も遺産があつて、それもお時と一緒になつてから五年目ごろから極度にきりつめて生活はしてゐるつもりであつても、今まで一度だつて自分で金を取つたことのない、三吾にしてみれば、矢張り無駄な消極的な生活をしてゐるのであつた。そんな自堕落な生活の結末と、世の深刻な不景気とが一緒になつて押し寄せたこの一二年来といふもの、三吾が吃驚して現実を直視すると、全くガーンと鉄槌で脳天をたたかれた様に目がくらんで、途方にくれたのであるが、自己の自堕落や、意志薄弱や、無力や、今更己が身を呪つて見ても、もうどうにも仕方がなくなつてゐて、三吾は宿無し犬のやうにおびえて、うろうろするばかしであつた。今まで威張り散らしてゐたお時にさへ、彼女の貧しい父親たちにさへすがりつきたい気持になつて来て、兎も角意地も張りも、一時に抜けてゆく有様であるんだが、そんな貧乏や惨めさや辱しさから、どうして抜け出さうといふ方策さへ立たないのであつた。そのことを四六時中苦にしながらも、矢つぱし積極的に出られない哀しい性格だつた。だからといつて、自分のその性質を押し通すだけの図々しさもないのだ。

さういふ状態で、三吾たちはこの一年ばかりといふもの、いろいろな不義理や質屋通ひの揚句やつとその日その日をしのいでゐる訳なんだが、ある日、それは二月の末だつたが、彼等の住んでゐる郊外の町役場から彼の息子三太の入学通告書が来た。そこで三吾はまた今更の様に目をみはつたのである。「なる程、」と三吾は考へた。「俺の息子は当年七歳になつた。七歳といへば、三太は早生れだから小学校の一年生になるんだが、それだといふのにこの己は何をうろうろして世の中をまごついてゐるのだらう。この息子が生れたのは全く必然的な運命があつたのか無いといふのか、そんな事は知らないが、何時の間にか三太はもう七つになつちまつた！」

と、長大息せざるを得なかつた。自分の息子が成長するのは喜ばしい事でこそあれ、何も嘆息する必要はない筈だが、三吾だけは皆なと変つてためいきを吐いた。

息子を小学校に入れなければならないと知つた時、三吾は実のところ、生活を考へるとあわてふためいて、今更の様にうろうろし初めたのであつた。そして、自分の子供といふものを、初めて見た様な驚きを持つて、三太の行動に注意してゐると、彼がすつかり不愉快にされたことには三吾のあらゆる嫌になつてゐる自分の悪癖ばかりが、彼の息子の中で処を得顔に生長してゐることであつた。怠けることや、嘘を言ふことや、白痴のやうな物の言ひ方やお時を足で蹴つたり唾をはきかけたりすることや、わが儘で手に負へないことや——それを見てゐると三吾は自分自身が辱しくなつて来て、それが憤りになつて、はては何も知らない三太を叱り飛ばすのであつた。どう考へてもしかし、これは三太の故意ではないのである。三吾はその感慨を次の様にノートに書いてゐる。

……俺はこのごろよく女房と喧嘩をやる。——喧嘩といふのはいつもお定りの発端で、おめおめと文章にするのも辱しい次第だが、——俺が怠けてばかりゐて働きがないとか……だれそれさんはすつかり出世して金持になつてゐるのに、あんたばかりが未だこんな貧乏してゐるとか——それも程度問題で、このごろときたら全く乞食以下だとか、口汚くおれをののしることから、おれはまた、成程それに違ひないと充分に肯定してはゐるものの、肯定すればする程、わが女房はたけり狂ふのであるが、昔からの俺の悪事の一切を数へたてて来るので、俺がすつかり忘れて了つてゐる事を、わが女房は一々事細かに憶えてゐるのに感心しながらも、しまひにはカッとなつて、のぼせ上つてしまつて、例の通りお辱しい立廻りになるのだ。火鉢を蹴飛ばしたり、インキ壺を投げつけたり、わが女房に馬乗りになつて、そこら中をつねり廻したりすること、実にげに地獄絵図の再現かと思ふばかりなり。

すると、息子の三太は母ちやんを殴るのだけは止して下さい！　打つのは、いやいや、と真青になつて、今にも引きつけさうな声を絞つて、俺にすがりつくのだが、するとこの俺はますますたけり狂つて全くまゐつてしまつて、逆上の形で振りあげた手のやり場がなくなつてしまふので、小僧の分際で生意気だ！　と云つては、子供までぽかぽか殴りだしたりすることが度々あつたが、そんなおれの鬼畜にもたとへん悪癖が、このごろはすつかりわが息子に乗りうつつてしまつて、わが女房が一寸たしなめたりするてえと、三太は忽ちこの俺の様に立上つて、この馬鹿野郎！　何だ、おめえ見たいな奴は、なぐらなければ根性が直らぬなぞと、そんな時おれのいふ悪態と調子そつくりそのままで、（あ、こんなことばかりは直ぐおぼえる。）まるで、おれがそんな時するであらう様な顔になつて、目をつるし上げて、子供とも思へぬ毒舌を、ぺらぺらぺらと虹の如くに吐きちらし、わが女房目がけて、どつとばかり打ちかかる様、この世のものとも思へぬていたらく、さうなると、いくら俺が叱つてもすかしても聞かばこそ、しまひにはこのおれが慚愧のあまり逆上しちまつて、この極道とばかり、子供をはり飛ばすまでは止めないのだ。そんな時の我子三太は、俺の心の中の悪疾をことごとに具体化してゆく小悪魔だ！　この世から消え失せろ！　と、俺は、苦悶の呻きをじつと嚙みしめて自分たち親子の存在を呪はずにはゐられないのだ。おれの心持は言葉でなんぞ言ひ現はせない。まるで焼火ばしで五臓六腑を掻き廻してゐるやうなものだ。反省とも自己嫌悪とも、まだそれでも足りはしない。それが一時間もつづくと、恐しい悔恨の涙が、ぼろぼろと落ちて来て、しまひには白痴のやうな心理状態になつてくるのである。かういふ俺の行為が、このごろでは毎日、日課のやうに続いてゐるんだ。この三太の行為は、二重にも三重にも俺には情ない現象で、何の因果か、前世の罰を受けてゐるやうで怖しくなる。わが女房にしたところでつらからう、と思つてゐると、不思議やお時は自分のすることは少しもやましいところは無いと思ひ込んでゐる態で、「お父さんがあんなだから、お前まであたしを、気狂ひになつていぢめるのだね。ふん、親子して獣だ！　犬畜生だ！　あゝくやしい！」と毒ついてゐるのを聞くと、俺は辱をこれでもか、これでもかと押しつけられてゐるやうなもので、俺もつい大きな声で呶鳴り出すことになるんだぞ。さうなるとますます息子と親でわが女房をいぢめることになつてしまふ。いつたいこんな家庭の有様を見ては我ながら恨しく世にも悲しくなつて来るのだ。俺は家庭が平穏で仲よくて、たつた一人息子の三太は可愛ゆくて可愛ゆくて耐らないのだが、その三太にわが醜悪なすがたがのり移つて、それが我女房にも反応して、二人で俺を逆に苦しめ出すのである。……かういふ風に三吾は自分の苦痛を、いかにも聖徒がうける苦しみのやうに書いてゐるのだが、実は三吾は自分の無能、無智から生活に行きつまつたのが原因で、すつかりひどい神経衰弱にかかつてゐるのである。で、彼はどうかするとこんな風にひどく興奮することもあるが、また白痴のやうに呑気な時も続くのであつた。さうした彼等の歳月だつた。

それで、いよいよ三吾は三月の末にお時と相談して、逃亡の決心をしたのだが、さうしたせつぱつまつた危機に際会しても、三吾は逃亡なぞといふ事も真剣には考へずに、どこか温泉にでも出かける様な心持でゐたらしい事は、一方には老夫婦が未だ三吾に対して好意と尊敬らしいものを持つてゐるのをいい事にして、——三吾さまもそんな風ではさぞやおこまりでせうからして、あつしらのところでよければ一年でも二年でも喰ふくらゐのことが出来ますによつて何時なりとお出で下されー—といふ老人のお時への最近の手紙なぞを思ひ出して、それも実のところ孫の三太が可愛いいばつかりに言つてよこすらしいが、彼はしみじみ有難がつてはゐるものの、未だどこかそれをいいことにして、自分の下劣な怠癖をかばつてゐる不敵な心持もあつた。それに就てはさすがのお時も心配して、山に行つたら空気もいいし静でもあるしするから、あんたも一生懸命勉強して下さいな、そすれや、あんただつてきつと偉くなるんだわ！　と口の酸つぱくなる程意見や懇願をするのであつたが、未だに訳の解らぬ自惚ばかりは持つてゐる三吾は、お時にさう言はれると、すぐ興奮して、何を生意気など叱り飛ばして、相も不変風来坊のにえきらない心境を持ちつづけてゐるのであつた。いよいよ逃亡と決心してから（それもお時に嚙んでふくめる様に説明されて、不承不承に決心したことだが）三吾たちは、屑屋の通るたびに呼び入れて、人知れず金目になりさうな家財道具を売り払つてゐた。家主が近いので目立つことは出来ないのであつた。

家を出るとき、あんまり沢山荷物を背負つてゐたんでは、近所の口がうるさいので、お時は子供の着更などの入つた包と、三吾はトランクを提げて裏口からこつそりと出たのであつた。三月末の美しい朝だつた。それでも三吾は、随分いい天気だね、――とお時に柄にもなく晴々しく呼びかけたり、ずゐぶん白つぽくれた気持もあつたが、実際は不思議なことに生活に窮して逃亡する暗い気持なぞは少しもないのであつた。それに、三太が珍しく親子三人で異つた土地にゆくといふので、すつかり燥いでゐるのを苦笑しながら、お時たちは三年来住みなれた家を見捨てるのであつた。

駅前の果物屋でお時が、兎も角手土産にもと老人たちの好きさうな果物なぞを少しばかり買つて、武州御嶽までの電車切符を買つたのであつた。

お時にして見れば、今更生れ故郷に帰つて、随分いままで自慢にしてゐた亭主三吾の、こんなみじめなたよりない姿を、自分の親たちに見せたくはなかつたらうし、ひどく嫌な気持でもあつたんだが、背に腹は変へられぬといふ子持女の決心をした以上、それに三吾がこのごろではすつかり従順しくなつて、また昔の様に愛情のある言葉をかけて呉れるのがうれしくて、小うるさい東京の生活も厭はれて来たし、一二年田舎で暮してゐれば、いくら能無しの三吾にだつて何とか運が向いて来ないものでもあるまいと、はかない望も手伝つてゐたことである。お時はずゐぶん苦労をさせられてやつれてはゐるが、まだ山育ちらしい頑健な肉体を持つた小柄な女なので、ずゐぶん無智なところもあるのだが、亭主の三吾に較ぶれば、現実の社会に生きて行くに耐へるだけの抵抗力は充分に持つてゐるのだ。その健康さが、今だにお時を美しくしてゐるのだつた。お時は二十七歳だつた。

このごろはまるで、三吾とお時との位置が逆転してしまつて、何ごとも無智なお時の指図がなければ動くことの出来ない三吾ではあつた。それは、彼が遺産を使い果すと、どこの誰よりも、犬や猫よりもこの世に無用な無能な存在である三吾の性格に原因してゐるのであつた。といふことは前にも一寸述べたが、つまり骨抜きといふ形で、一種のヒポコンデリーに罹つて、ひと頃は被害妄想狂的な症状さへ現れ出して、人の足音や軽蔑の言葉なぞが、四六時中耳に響いてゐて、きよときよとと狐憑きの様な顔になつてゐた三吾は、次第にひどくなつて、このごろではどうかすると白痴では無いかと思はれる位ぽかんとして、物忘れはするし、何事にも興味が無くなつて生ける屍の様な存在にまで下落してしまつたのであるが、山の老人から一二年保養に来いといふ手紙が来て以来、また少しづつ元気を取りもどして来たらしく、最近はいくらか平静な気持で物事を考へ始めた事であつた。彼等のなかで一番人間らしく、人並の表情をしてゐるのは、何といつても彼等の間に生れた三太だけだつた。何事にも均整のとれない彼等夫婦ではあつたが、只子供を可愛がることは人並以上だつた。そんなことも或は病的な現象か反応であるかも知れないが、今度の逃亡の相談も夫婦の間に別れ話の何十遍となく持ち上つても、結局別れきれないで、かうやつて一蓮托生の人生を落ち行かうとするのも結局はその丸々と健康な、外目には利発さうに見える子供三太の故であつた。子供に東京生活の惨めな苦労を味はしたくないといふのが彼等一家逃亡の重大原因でもあつた。

彼等三人は電車に乗つてしまふと、急に安心したせゐか、ぽかんとして黙り込んでしまつたが三太だけは走つてゐる窓外の景色を見て何やかとお時や三吾に話しかけるのであつた。

いひ忘れたが、老人夫婦のゐるそのお時の実家といふのは、武州と甲州の境、かの有名な大菩薩峠に近い青梅街道すぢにあつた。街道すぢと言つても渓谷に沿つた全くの山間の一部落にすぎなかつた。三吾がお時と同棲したときは、老人はたしか炭焼稼業をしてゐたが、三年ばかり前から小鳥をとつて売る稼業になつたのである。お時がある病院で看護婦をしてゐた頃、患者であつた学生の三吾と出来てしまつてからしばらくは、お時は自分の両親の職業を恥て、なかなか明さうとはしなかつたのだ。がある日突然、老人から手紙が来て——とうきやうの人々には、山で鳥とりの有さまもめづらしいとおもふによつて、あそびにきて下され——と御機嫌伺ひのついでに言つて来たので、その時初めて、三吾に親の職業を知られて、お時が真赤になつた事があつたが、三吾も度々手紙を寄越されるので、それでは行つてやると云つた気持で出掛けたことがあつた。そのころ、三吾は老人夫婦をまるで下男かなんかに対する様な横柄な態度であしらつてゐた自分を思ひ出して、すつかり自分が辱しくなつて、あの時のお時の様に真つ赤になつて、自然とあかじみた衣服の襟にあごを埋めてゐるのであつた。その時もお時はお時で随分老人に三吾を会はせるのを辱ぢてゐたのだが、今三吾を老人に会はしたくない気持とはまるで裏腹になつてゐるのだ。それを思へば、まつたくこの世の様、過ぎこし行末のことでも夢とほか思はれぬ次第であつた。あの時三吾は、深山に行くのには全く不必要なホームスパンの気障な洋服を着込んで、用もないステッキなぞをついて、生意気なフランスの詩集なんか持つて、ひとかどの詩人気取でもつて、実にあきれ果てた気持でもつて、その時分べらぼうに高かつた自動車を青梅から飛ばして素樸な老人夫婦を驚かしたのであつた。

とにかく、三吾にとつては義理でも親であるべき老人たちに対して——ぢや爺さん一緒に案内して貰はうかね——なぞと、思ひ出しても辱しい不遜な態度だつた。と、しみじみ後悔しながらあのときは五月頃かしらと、お時の横顔を眺めてゐたが、ふとお時が普通の洋髪を流行の断髪にして、また去年あたりから無雑作なひつつかみにした彼女の髪のうつり変りを見つめてゐるのだつた。さう云へばこの頃手入れをする暇もないのか、お時の髪の毛はかさかさに乱れてゐるのだ。

二

爺さんと二人して、陽当りのいい青葉の匂ひの烈しい山道の苔の生えた岩に腰をかけて三吾は、一心に谿をへだてた対山の峯に一本だけずば抜けて、青空さして伸び上つた巨松の梢から、谿間いつぱいに響き渡るやうな大瑠璃鳥の囀を聞いてゐるのであつた。爺さんのをとり籠は山道の曲り角の、流れに突き出た雑木枝につるしてあつた。そこでも爺さんの大瑠璃鳥が鳴いてゐるのである。終日人ひとり通るではなく森閑とした山中で三吾は老人の饒舌を聞いてゐると、心よい食欲をおぼえてくるのであつた。爺さんはつぎの当つた膝つころにその皺だらけの首をのつけて、なたまめ煙管を吸ひながら話した。高い松の梢によぢのぼつて鷹の仔を取るとき、怒り狂つた親鷹に首のところに喰ひつかれて、危ふく絶壁に墜落しさうになつた事や、みそさざいは随分高く売れるが仔飼ひがむづかしいことや、何といつても目白が一番面白みのあることなどを話して、どこかお時に似た顔を皺くちやにして笑ふのだつた。――そりや何といつても、好きでなくちややれぬ仕事でさあ――と、最後に自分の突飛な商売の弁解でもする調子で言ふのだつた。

そのころ、生活の心配は更になかつた三吾は、山から吹いて来る風が、甘い山百合の香を送つてくる日没近くになると、もう彼は堪らなく気持がよかつたので、それを思つて一人でうつらうつらしてゐると、――急にお時が立上つて、網棚の包を右手に持つて、あんた乗換へよ、立川だわよといつて、三吾の肩先を強くゆすぶるのであつた。すると三吾は吃驚した顔をしてキヨトキヨトしてゐたが、やつと気が付いて三太の手を握つてお時のあとから降りて行つた。

ここで御嶽行に乗換へるひとは田舎の人々が多かつた。乗換ると、やがて電車は風光明媚な多摩渓流に沿つて走つてゆくのであつた。電車の中から青梅街道が見え隠れした。そして遠く秩父甲州あたりの連山がくつきりと何時迄もつづいてゐるのであつた。それが次第に車窓に近く迫つて来るのである。

終点である○駅で下車すると、彼らは駅前でひそひそと相談して歩いてゆくことになつた。お時は、かひがひしく帯を〆め直したり包をつつみ直したりして、先に立つて歩き出した。そこから路は渓流に沿つた旧街道と、その上をゆく新街道との二つの道が甲州境に走つてゆくのであつた。

お時たち三人の親子は、自動車や馬車が通る埃つぽい新街道を避けて静な旧道を歩いてゆくことにした。これはお時の指図だつた。人目には日帰りの旅をしてゐるこの三人ではあるが、尤もそれにしてはトランクや包が多少可笑しいといへば言へるのだが、行きずりの人がそんなことを気にする訳もないんだが、お時は自分たち三人がかうやつて歩いてゆく様を人に見られるのが、別して顔見知りのこの辺、在郷の人々に見られるのが嫌でならなかつた。お時には何と云つても喰ひつめて落ちて行くといふ事実が彼女に肩身の狭い思ひをさせるのであつた。だんだん自分の村に近づくに随つてその思ひが烈しくなつて来る様に思はれた。それに引き換へ、全く日帰の旅行にでも来た気で、子供と一緒になつて石を拾つたり、魚釣をいつまでも眺めたりしてうれしがつてゐる三吾の様子を見ると、お時もどこかうれしい気がせぬでもないが、ひとの心も知らないでと思ふと、変に腹がたつて来て、それがこんな山中では妙にくしやくしやした愛情ともつれ合つたりして、例のヒステリー状態になるのであつた。一寸三太が道草を喰つて谷に降りて行つたりすると、別に理由もないのに、がみがみ大きな声で呶鳴つたりするのだつた。さうしたお時のいらいらした様子を三吾も感じないではなかつたが、三吾にして見れば、これからお時にぶつぶつ云はれながらその日暮しの日当をつくらされる心配もなく、落目になつた者に対する小うるさい世間の噂や態度などにも無反応でゐられると思ふと、もう、老人たちに頼りきりの意気地のない心になつて、自分ら三人が行けば老人たちがどんなに生活がつらくなるだらうとか、どんなに迷惑だらうといふ事は別に気にもかけず、自だらくな気持になつちまつて、三太と一緒に呑気な顔をしてトランクをぶらぶらさして歩いてゐるのであつた。

老人夫婦の厄介になるについて、一番心苦しく思つてゐて、そのつぐなひに三吾がこの期を潮に一人前に引きしまつて勉強して呉れなければ、老人たちにもすまないし、また三吾の親類筋にも顔出しがならぬと思ひ込んでゐるお時には、この三吾の様が情ない程くやしくてがまんならなかつた。また一方さう思へば思ふ程子供みたいな三吾がいとほしくなつて来て、妙にウズウズした欲情のよろこびとなつて反射して来るので、お時も面とむかつては三吾に喰つてかかれないのであつた。元来お時は男のそんなくだらなさが好な女であるが、特に自分の生れたこの山村の淋びしいところに来ると、彼女は自分の呼吸が弾む音さへ聞える様で、乳房がいたむやうで、ぎりぎり草の根でも嚙んで子供の頃のやうに走り出したい気持になつた。また、こんな人気のない谷あひで思ひきり三吾と二人で甘つたれたい心にもなつたが、それも流石三太の前では出来る訳のものではないので、彼女は子供の手をぎゆつと握りメめて、三吾をおいてけぼりにして、ぐんぐん急ぎ出すのであつた。彼女は口を鳥みたいにとんがらして、ふくれ面をして、お父うちやんの馬鹿！　と三太につぶやいてゐた。

なにかの鳥の声にうつかり聞き入つてゐた三吾は、凡そ半町位離れてから、急に気がついて、おーい、お時い、オーい、三太あ！　とよばはつて駈け出したが、お時はわざとその声に振りむきもせず、ずんずんと急いで行つて、も早長い釣橋の半程を渡つてゐるのであつた。そこには清冽な水が涼々と流れてゐて、太陽の光を受けて川底の石ころが一つ一つ数へられるほどで、細長い山べが銀の腹をくねらして、幾匹も幾匹も走り去るのが見えた。この辺から両岸の樹々が欝蒼と茂つて来て、山々が急に高く、くつきりと天辺を画してゐるのであつた。包を背負つてゐるお時と三太が、その半程まで来ると釣橋は、揺れ方がとてもひどくなつて、そんなことには可笑しい程気の弱い三吾が駈けつけて吃驚した程であつた。お時は馴れたもので、ぴよんぴよん飛び上る様な釣橋を平気で三太を抱いたまゝ、渡つて行つた。

橋を渡ると、やがて彼等親子は、砂の多い石塊の岸辺に降りて行つて、そこでお時は握り飯を喰ふつもりだつた。

谷あひの一番低いところといふものは不思議なもので、そこから見るとさつきの釣橋だつて随分高いところに懸つてゐるやうに見えるし、向う岸に突出してゐる巨きな岩石だつて宋、元あたりの画にあるやうな奇岩怪石のおもむきがあるし、その向うに密生した竹林も、上流の方に突こつと見える山岳も、またお時たちが弁当をひらいてゐるすぐうしろの崖上から水面に大蛇のやうにぶら下つてゐる何かの蔓の様も、実に怪奇なおもむきを持つてゐて、それに三太がぶらさがつて悦んでゐる有様までが、これ一幅画中の景であつた。春山伴無くして独り相求むれば、伐木丁丁として山更に幽かなり、といつた具合のものだつたが、お時にして見ればこんな景色なんぞは子供の時から見飽きてゐるし何の変哲も興もなかつた。只お時が考へたのはこんなところで飯を喰つてゐる自分たち三人の親子が、何だか流れ流れて行きつく先もない漂泊ひの哀れな旅びとのやうに心細く思はれて来るのであつた。それにつけても三吾が、もう少ししつかりして呉れないものかと、我とわが児の行末を思ふ情から、ふとこの谷間の寂寥にさそはれるのであつた。自分たちには今やまつたく家がないといふ事や、老人夫婦の家へ行つたからとて、長々といつまでものんべんだらりと居据つてゐる訳にはゆくまいし、三吾があんなでいよいよ怠けるだらうと思ふと、またも烈しい怒のやうなものを感じるのだつたが、三吾が呑気さうにこのごろ流行の三勇士の唄なんか口笛にして崖を下つて来るのを見ると、お時は今までの習慣でやつぱり笑顔をつくつて振りむくのだつた。――

――あんた、お腹が空いたでせう、と言つて梅干の入つた握飯の包をひろげながら、

――あんた家はもう少し行つたとこだわよ。ねえ、落着いたらこんどこそ引きしめて勉強して頂戴、でないとあたしと三太ばかしが困るんだから、ねえ……とお時はしみじみ言ふのであつた。ところが意外なことに、三吾がいきなり立上つて、何だ！恩

にきせやがつて、生意気言ふない……と呶鳴り出したので、お時も一寸あつけにとられて三吾の恐しい面相を見つめてゐたが、自分の心も知らないでと思ふと、いつものふくれ面をしてぷいと横を向くのであつた。三吾はそのお時の顔を見ると、いよいよ怒つちまつて、——何だ！　実家があると思つてえばるつもりかッ。馬鹿野郎……実家ぐれえだれだつてあるもんだぞッ！　と叫んで横を向いてゐるお時の横つ面をいやといふ程張り飛ばした。三吾は久方ぶりに落ついた気持で三人の親子が仲よくかうして歩いてゐるのに、こんな際にまで不快な事を言ひ出すお時の心根がわからないのであつた。お時は何時ものやうに立上つて摑みかゝりたい程腹がたつたが、今日は何故かそれさへ馬鹿馬鹿しくなつて、急に情なくなつちまつて、しくしくと泣き出したのだつた。いくらなんでもこの仕打はひどいと思ふのであつた。そんな時、いくらお時でも三吾がにくらしくてにくらしくて畜生のやうな気がするのであつた。子供が可愛さうなばかしだわ。こんな男と一緒になんかゐたくないんだわ。——と心底から悲しく思ふのだつたが、三吾がそれから一口も言はないで、しほれ切つて憂欝な顔をしてゐるのだと思ふと、また三吾が可哀さうにもなるのであつた。

三吾は陽の当つた砂の上に仰向きになつて寝そべつたまゝ目をつぶつてゐた。少しづつ興奮がさめて来ると、お時の言つた言葉が、段々真実味を帯びて来て潮のやうに自責の念にかられるのであつた。鶺鴒《せきれい》であらう、三吾たちのゐる側の石の上をついついと尾を振つて飛んでゐたが、その尾をふる有様が、妙な事を思はせるので、それをきつかけに三吾はお時にやさしい言葉をかけてやらなければなるまいと思ひながらも、元来が一人よがりの横柄な男で、世の常といふものを知らない男なので、そんな場合うまく御機嫌をとる術を知らなかつたのだ。俺だつて実あお前えが好きなんだい！と喉のところまでその言葉が出かかつたのだが、どうしてもそれがうまく言へないで一層自嘲の気持が湧き上つて来て、うつかりチエッ！と言つてしまつた。と、お時が、ふん！　とその肥つた二重あごを突き出したのが、また三吾は癪にさはつたが、この時は一生懸命に怒を圧しつけてゐるのだつた。——かうしてだいぶ長い間二人とも黙り込んで渓流の音ばかりが、二人の耳に聞えて来ると、三吾もお時も自分自身が可哀さうな人間に思へて来て、悲しく哀れになるのだつた。

何時の間にか午後の陽ざしが彼等のゐる岸から離れて、対岸の岩の上に移つてゐたが、ふと、お時が三太のゐないのに気付いて、吃驚したやうに三太の名を呼んでも、山彦がいんいんと聞えるばかりで何の物音もしなかつた。そこでお時はすつかり驚いて立上つたのであるが、見える限りの両岸の視野にはどこにも三太、彼等二人の心を結びつけてゐる三太の影はなかつたのだ。

三太ア……ヤーイ、と二人が声を張り上げて叫んでも、何処からも三太の元気のいゝ返事は聞えて来ないのであつた。この時実際にあわてゝしまつたのは、お時もさうであつたが三吾の方が一層うろたへてしまつて真つ蒼になつてゐるのであつた。度を越して三吾は驚いたと見えて、白痴のやうな顔をして、そこら辺をたゞうろうろしてゐるのを、お時が叱つて、あの岩にのぼつて見て来て頂戴！　と言つたので、三吾は初めて我に返つた様に指さされた岩の方に駈けて行つた。その岩は丁度渓流の曲り角にあつて、水面にぐつと突出してゐるので、川上も川下も一望のもとに見渡せるのであつた。三吾が何遍も何遍もすべり落ちながら、妙な恰好をした猿のやうにはりついて、その上に登つて見ると、あわてゝゐるので最初のうちは何も見えなかつたが、よく目をこすつて、そこら中を探してゐると、はるか彼方上流の方の水辺に何か真つ黒いものが動いてゐるのを発見したのであつた。すると、三吾は狂喜のあまり、あやふく岩から墜落しさうな恰好になつて、オーイ、三太ア、ヤーイ！　と声をふるはして叫んだ。そして、後をふりむいて、心配さうに立つてゐるお時に、ゐる！　ゐる！　三太がゐた！　と言つて、自分は大きな岩に四ん這になつたまゝ、向ふ側にすべり落ちて行つた。やつと岩から離れると三吾はすつかり元気付いて、三太ア！　魚ア、ゐるかア！　と石ころの上を跣足で駈け出していつた。そこで初めて三太も自分の父の声を知つてふり返つた。見ると、膝まで水につかつて、その小さな掌に長さ三寸もある鮎のやうな魚を摑んでゐて、お父つちやん、見ろ！　見ろ！　と威張つてゐるのであつた。

そこへやうやく、トランクと包を持つてお時もやつて来て、この親たちは魚を持つた三太を中にしてすつかり悦んでゐるのだつた。

さうした三人はまた、逃亡の旅をつづけ出した。三吾は不相変、三勇士の口笛を吹いて、お時たちの後からついていつた。お時もすつかり気分を取り直して、あれがうちの爺さんの（お時は自分の父親をさう呼んでゐた。）炭を焼いてゐた山だと、一つのとんがつた裸山の中腹にある小屋を指したり、これが音無しの淵といつて、どんな雨の日でも決してあそこだけは音がしないとか、うれしさうに故郷の山川草木について三吾たちに説明してやるのだつた。そして今、自分たちが歩いてゐるこの道が甲州へ行く裏街道で、あの大菩薩峠に続いてゐて、中里介山といふ偉い小説家がこの辺のことはよく書いてゐるのよ、あたし子供の時はよくこの辺まで友達と遊びに来たのよ。——なぞとさつきの喧嘩のことなぞ忘れた気になつて話してゐた。そして三吾の横顔を色つぽい目でぐつとにらみつけるのであつた。お時は老人たちに三吾が怠けて意気地のないために、こんなことになつたのではなく、身体が弱くて仕事が出来ないのだと嘘を言はうと決心するのであつた。

三吾は、家主が自分たちの逃亡を知つて、あわてたり怒つたり、色んな人々に訊ね廻つたりする様や、隣近所のお内儀さんたちが、それぞれ特徴のある顔をして、ありもしないことまで噂をしてゐるさまなぞを考へると不快な気がげつぷのやうに出るのであつたが、老人の家が近づいたのを知ると、急に身心の疲れが湧いて来て、自分たちの行末といふものが、これで決められたやうな気がして、俺もこのまゝ、爺さんの仕事受け継いで小鳥採りになるのかなあ！　と嘆息とも安堵の吐息ともつかず洩らすのであつた。が結局、人の世といふのはこんなものかも知れぬと考へたのであつた。さうして、三太もまた小鳥飼ひの子か、それも、ええ、それもええ、と少し自棄になつて、――かくてわれ世の落伍者とはなれり？　といふ考へが、さすがの呑気な三吾の胸にもこたへたと見えて、彼はこの山峡の日暮のやうに暗然となるのであつた。

冷い杉林を通りすぎると間もなく、三太が足が痛いようといつて道ばたの草の上に坐り込んだので、三吾は仕方なしに三太をおぶつて、お時にトランクを持たした。彼等三人はやがて蒼然とした街道に出て、そこを爪先あがりに凡そ一丁ばかり行くと、右方に一軒のうす暗いランプの灯つて草鞋なぞを下げた駄菓子屋があつた。この辺は土台に石塊をつみあげた家が多く、屋根の上にまで大きな石ころがごろごろと並べてあつた。その石の下から伸び上つたペンペン草の枯れたのが風に吹かれてゐるのだつた。そしてこの地方の大概の家には鶏を飼つてゐる。お時たちはその駄菓子屋の手前から、犬に吠えられながら脇道にそれて、また一町ばかり石段のやうな路を下つて行くのであつた。その路の幽につくるあたり、風が出たのか颯々としてざわめいてゐる竹林を前にして河鹿の鳴いてゐる渓流にのぞみ、半ばはその竹林に隠れて、彼等の落ち着くであらうところのお時の実家があるのである。
よれよれの衣服の裾を風にひるがへして、三吾たちは幽暗な路のはてに消えて行った。

狸犬

何時も昼近く迄寝てゐる三八は、その日に限つて彼の小学校に行つてゐる美智子よりも早く起上つた。そしてぶらつと街の方に出掛けて行つた。そんな事はここ数年来殆んど無い事だつた。女房のお才には無断で顔も洗はず飛び出したのだつた。三八は廿円ばかりの金を懐中してゐた。このこともここ数年来絶えて無い事だ。三八はいそいそと雲雀の鳴いてゐる麦畠を横切つて、それからいくつもの裏町や横町を曲つてから、都会の中心へ行くバスへ飛び乗つた。

三八の持つてゐる廿円は、ここ十日ばかりの間に、お才に内密でそれこそ異常な熱心さでこさへ上げた金だつた。余程昔郷里の親父のものを盗んで来た華山外史の枯木寒鴉之図、竹田先生の高士弾琴の横物、草坪雨の花鳥対幅等々と云つた勿体ぶつた物(これらの品は最初、三八は真物と思つて何千円といふ金になる目算で、親父の勘当覚悟で持出したもので、事実その為めに勘当はされたが、幅物の方はどこに持ち歩いても二束三文の価にしかならなかった。それ以来ずつと押入の隅に投げ込んであつた。その間に親父も死んでしまつたが）を又こつそり持出して質に入れたり道具屋に売つたり日頃ずぼらな三八としては珍らしく熱を持つて作つた金なのである。言ひ忘れたが三八の職業は著述業といふのであつた。五六年前迄は何か訳の判らぬ、独りよがりらしい思ひ上つた詩ともいふのを書いてゐて、同じ様な仲間とうすつぺらな雑誌を作つて好い気になつてゐたが、この頃ではその詩といふものもさつぱり書けないらしく友達といふのも何時の間にか居なくなつてしまつた。それでも三八はその詩人といふのに余程未練があると見えて、今だに彼はその詩人だと思ひ込んでゐるのである。それだけに自他共に始末のわるい代物なんだ。

一時間ばかり経つて彼は、ある大きな犬屋の前に佇つて、懐手をして（実は廿円が心配で握り〆めてゐたのだが）そこの檻の中に眠むつたり、立つたり、あくびしたり吠えたりしてゐる犬族を飽かず眺めてゐた。つまり赤木三八は犬が買ひたいのだ。それも普通の犬では気に入らないらしく、三角の小耳の前方に向つてしゆつと立つた尾を左巻きに巻き上げた古武士のやうに落着いた精悍な日本犬が欲しいのであつた。元来彼はそれ程犬が好きだといふ訳ではなかつたが、どうしたのか馬鹿に日本犬を欲しがり出した。生れ付気まぐれな不生産的な彼のことであるから、如何なる必要に迫られて欲しいのであるか、と言ふにそんな明確な理由は毛頭ないので、只子供みたいに無茶苦茶に欲しいらしい。而してこれは他人が見ての事なんだが、彼自身に言はせるとそれ相当な理由を持つてゐると彼は考へてゐるのだ。その彼の考へと言ふのは大体次の様なものらしい。彼は九州の山奥で生れて、そこで育つた男だが、人生でもつとも楽しい少年期を一匹の真黒い犬（彼は山犬と思つてゐた）と山や谷の間を馳け廻つて暮した愉快な記憶を未だ失はずにゐるのだ。その記憶が同時に彼の本質的な性格なんだが、適応性の無いこの山犬の様な男は長い都会生活の檻の中で、幾たびか無益な闘争をくはだてたが、今ではすつかり気力を失ひ、生活力の無くなつた野良犬になり下つたのであると思はれる。つまり動物園の檻の中にゐる狼やジカールと同じに、そこで我々が見るものはどんな獣よりも憶病な神経質なみじめな姿であいつらがあるかに気付くであらう。これを一度び彼等の山野に放つて見よ。これと赤木三八を較べるのは変なもんだが、彼もまあそんな風なものらしい。彼の昔書いたといふ詩なるものの中に「戦をいどむ」とかいふ題で次の様なものがある。現在の三八ばかりを知るものは全く奇異な感に打たれるであらう。

……かくてわれわれの民族感覚はわれわれの強健なる原始に目醒めた。世紀末の病都会を飛び出した。若き東洋の狼は、全世界の文明に向つて戦を挑む。新しき東洋の精神は、新しき野生主義は、あらゆる反対のものに、それを拒むものに向つて怖しい戦を呼ぶ。

しののめの山頂にありて、見よ！　狼火は上つた。青く若き狼はりんりんと爪牙を磨いた。夜明前のばらいろの空気の中に現れ、先づ草の根のにがい汁を吸つて精気を養つた。

かくて狼は吠ゆる。跳躍する。

戦ひを挑む、文明病の世紀末に向つて、
実に慓悍極りなき狼である。………

これは三八の未刊詩集「狼」と題するものの序詩第六である。当時自分ではすつかりいい気持になつて自惚れてゐたが、誰れも相手にするものは無かつた。またその詩集なるものの中に次の様なものもあつた。「黒犬」といふのだ。

ああ　おれは生胡瓜が喰ひたい
なまきうりが喰ひたい
山風に吹かれにがい胡瓜が喰ひたい
苦い思想を飲み込むやうで
新せんで
遠く　小さな火山の火をば眺めて
じつとみつめて
生胡瓜の青い汁がのみたい

いんきくさい田舎の畑で
ぼうつと梨の花が満開だ
ああ　孤独な黒犬が足の下に坐つてゐる
おれの黒犬よ
一緒に胡瓜を嚙つて
あの火山地の高原へ走つて行かう　ゆかう

この三八の黒犬といふのは純粋な日本犬であつた。その「黒」の同族共は彼が東京に出てうろうろしてゐる間に完全に姿をかくしてしまつた。日本犬衰退史といふ本を見ると……元来家庭的中型犬は日本犬の代表的のものであつたが、今日は根絶して其枝葉である猛獣中型犬が一部の山岳地方の猟師に僅かに保存されるに過ぎない現状となつたのである。其根本原因は日本人が犬に無理解であつたのと明治初年来の欧米崇拝である。中型家庭犬衰退の第一期は日清戦争直後である。其迄は大都会の一部の富豪貴族間に物珍らしさに洋種が飼はれてゐたが、全国的には殆んど純日本犬ばかりであつた。而して其数も多くゐた。日清戦争で日本が大勝し、二億両の償金が流入すると万般の事物面目を一新し欧米文物の輸入は日も尚ほ足らざる有様であつた。犬も此影響を受けて耳さへ垂れて居れば洋犬洋犬で尊重され、愛犬家は競うて耳の垂れた為《え》体《たい》の知れない雑種を尊重し、日本犬には顧るものも無くなり、左しも沢山居た日本犬が忽ちに認められなくなり、野犬狩の犠牲となつたのであるが、当時を追想すると実に良犬が到る所に認められたのである。……それが昨今日本的なるものの再認識の機運の影響からして（？）山奥の炭焼小屋から、彼等遁世の楽土から、かつて彼等を虐殺した都会地へ再び呼びもどされた。今更に畜犬商の愛情のあるエゴイズムの犠牲となつてせまい檻の中に幽閉された。三八はこの山から送られた犬共に昔のなつかしい記憶を猛然と呼びもどされ自分と同じ様な運命に同情した訳であらう。さうして長い都会生活に失はれた自分自身の本心をも取もどしたい気持で無茶苦茶に欲しくなつたらしい。

それは、兎も角（作者はついうつかり三八の為めに、そして彼の愛する日本犬の為めに長々と無益な肩を持ち過ぎた様だ）三八は、彼の気に入つたらしい色々な日本犬の価を聞いて見るに、どれもこれも彼の持つてゐる金より、ずつと高価なものばかりで、折角意気込んで来た元気も無くなつてしまつた。三八にして見ればそんな思ひをして買ひに来たものが、買へないといふ事は無暗にうらめしい事であり、腹が立つことであつた。あんな思ひをして作つた廿円で、俺の欲しい犬を売らないといふのは不都合千万だといふ風に彼は考へた。身勝手といふものであるが、自分の欲望が通らない憤満と悲しさで彼は急にぐつたり疲れてしまつた。ぼんやりそこに居る犬共を物欲しさうに見て居るより仕方がなかつた。が、さすがに三八も思ひ直して、この卅五円といふ犬を廿円に負けて呉れと不安さうに交渉を初めた。犬屋は如何にボロイ商売だと云つてもそれ程の開きに乗つて来る訳はない。勿論駄目だと云つた。彼はがつかりして他の犬屋に行つて見様と思つた。そこへ丁度信州の山奥から送られたといふ小さな蜜柑箱に入れられた二頭の仔犬が届いた。生後やつと四十日位のゴマ毛の日本犬だつた。これなら今着いたばかりですし廿五円にお負けします。と多少三八の悄気方が哀れになつたといふ風だつた。彼はそれを聞くとやつと元気を取戻して、その仔犬をうれしさうに抱いて見たり歩かして見たりしながら、約一時間もかかつてやつと廿円で買ふ事に成功した。三八は身体がふるへる程うれしかつた。彼は一文無しになつて犬屋から自分の家まで四里の道程を歩いて帰る苦痛なぞ少しも感じない様だつた。

彼は汗臭い懐の中からその仔犬の頓狂な顔を覗かして活動のはげしい商店街の真昼をゆつくり歩いてゐた。頭を撫でたり喉をさすつたり立停つて懐から出して見たりしながら一人でにこにこ笑つてゐた。人通りの少い空地や原つぱに出ると必ず犬を出して遊ばした。ゴマ！　来い来い、いい子だ！　と一人言を言つてゐた。

夕方近くなつて、さすがに疲れた足を引ずつて彼はやつと自分の家に辿り着いた。全く帰れる放蕩息子の態たらくだつた。それでも彼は元気よく、ほい！　とその狸の仔見たいな犬をうれしさうに女房お才の前に投げ出した。

「まあ、おかしな顔だこと……」といつて生物嫌ひのお才も最初はその変つた顔をした犬の仔を珍しがつた。

「これ買つたの」「ううん、歩いてゐたら、知らない人が呉れたのさ。」さう三八は誤魔化した。尤も日本犬を知らない人はこんな一見汚らしい野良犬を廿円で買ふとは思ふまい。それに案外馬鹿つ正直で、どこか抜けたところのあるらしいお才は、この一二年来妙な嫉妬心から三八に小遣ひを渡さない事に決めてゐるので（それにお才が先夫から受け継いだ相当な遺産も十年近い間一厘も稼ぎ得なかつた三八の為めに殆んど残り少くなつたのである。そんなことでお才はこのごろひどいヒステリーになつてゐる。）、なまけものの三八に金を作れる筈はないと決めてゐたので、このことについてはてんで疑はなかつた。

狸犬を買つてから三八は何かしら人生の明るさを見出した様な気がした。それは一寸常人の想像も及ばない位の関心の持ち方だつた。元来狸犬といふのは山の猟師達が狸猟に使ふ勇敢な日本犬のことで、三八も行く行くはその仔犬を仕込んで狸猟に出掛け様などと、取らぬ狸の皮算用を空想して夢中になつてゐるのだつた。国境地方の猟師達はこの狸犬の腰の廻りに布を巻き締めて「それに下腹部から股間を通して約四五間位の紐をつけて（それには雄よりも雌の方が好い、といふのは雄ではその金丸《きんたま》がどうも何かに引つかかつて邪魔になるらしい。）それを引つ張つて連れて行くが、犬は絶えず狸のありかを探しながら、それが居る様だと犬は直ちに狸の穴に這入り込むのである。其時人が綱をゆるめると犬は恐しい勢で四五間這入つて行く、さあさうされると狸は一大事とばかり奥の細道にもぐり込んで行くので、犬の方も非常に苦労をする。それを猟師は犬の行動に依つて綱をゆるめたり伸したり調節をするのであるが、約一時間もかかつて漸く一頭の狸を銜《くは》へ出して来るのであるが、併し一頭居る位の穴には大概二、三頭居るものだからその次からは物の十五分も経てば又一頭銜へ出して来る。しかしその間の犬の苦心たるや尋常一様のものでなく、呼吸もせはしくなつて居り、疲労の程度も加るので、十分休まして又穴に入れるので狸が居るだけ銜へて来る。といふ様な話を誰れからか聞いて来ると、もう夢中になつて三八が自分がその時の猟師ででもあるかの様に思ひ込んでしまふのである。

　その晩三八はお才が嫌がるのも関はず狸犬を部屋に入れて同衾した。日本犬の仔を部屋に上げることは絶対に謹む可き事だと犬屋の親父は教へて呉れたが、その訓戒を彼は守れなかつたのだ。元来この意志薄弱だといふ欠点は現在の赤木三八なる人物を作り上げるのに最も重大なる役割を演じてゐる。

　最初狸犬の出現によつて、それ程感情を動かされなかつた鈍重なお才にとつて、この同衾は第一にある種の動物的刺戟を与へられたらしい。そしてその刺戟は追々に恐るべき反感となつて現れる様になつた。お才と反対に三八は愈々熱中して来た。彼は古本屋を漁つて犬の本だと手当次第に立ち読みをした。十年間の無節制な生活から彼の記憶力は老人のやうに鈍つてゐた。毎日会つてゐる人の顔でもよく忘れ恥をかくことがあつた。そんな風だから三八は犬の飼ひ方の事でも三度も四度も読みに行かねば憶えなかつた。それで彼は熱心に通つた。不思議にかういふ好きな事になると性こりもなく、馬鹿気た精力を示す癖に、生活上の仕事とか他人の為めにすることとなると、とても我儘でずぼらだつた。今迄さうした三八の我儘に馴れ切つてゐたお才も、三八の愛情が自分を離れて（とおそろしく単純な彼女は考へた）あんな小さな汚ならしい犬に移つたと誤解し初めてから（そんな馬鹿な事がと笑ふ人があるかも知れんが）事実は小説よりも奇なりで、一見立派の中流の婦人に見えるところの彼の年上の女房は、その一匹の仔犬と自分を同じレベルに置いて嫉妬し初めたのである。口に出してこそ言はないが、「あんな小つぽけな犬畜生に取られて堪るもんか、」とさう思つたかも知れないのだ。と云つて現在の三八がそれ程恋しい訳では決して無いらしく、むしろ彼の瘦せて情けない顔がにくらしい程だつたが、只犬を可愛がり過ぎるといふ事が嫉妬の原因になるのだから空怖しい訳だ。尤も二人の間に出来た美智子が十歳になる今日迄、殆んどあらゆる病気をして来た事から彼女は美智子が可哀さうでならないので、目に余る盲目的な愛情を示すのに対して、三八はそれでも子供の将来のことなどを考慮して、そんなに甘やかしたり、そんなに大事にしたんでは反つて子供を増長させてひねくれさせるのを心配して、（その嫌な結果は既に十二分に美智子の日常に現れてゐるのだ。学校からも再三注意を受けたが）何かと直したいと思つてゐるのにお才はそんな事には殆んど平気でただ動物的な愛情を注ぐだけだつた。それについて三八が見かねて注意をすると、お才は自分たちに愛が無くなつたから、そんなことを言ふのだと邪推してすぐふくれ上り、蔭に廻つて美智子に迄つまらない父親への不平を言つて聞かせるらしい。その為めに美智子は身体だけ妙にませて、言ふことのひねこびた子供らしさの無い子供になつた。近所や学校の男の子等に変な関心を持つてゐて、彼等について年頃の娘の言ふ様な事を云つて三八を困らした。犬の事でも「美いちやん、お父うさんはね、あんたよりあの野良犬の方が好きだつてさ。」と言ふ様な事を始終言つて聞かせてゐるらしく、「お父さんは犬と二人で暮した方がいいでしよ。妾たちがゐない方がうるさくなくつていいのよ。お母さんは妾とお父さんをおいてけぼりにして何処か行くつて言つてたわよ。お父ちやんの馬鹿！」

これには流石呑気な三八も吃驚した。彼は初めて新聞なぞに出る上流婦人なぞの小娘いぢめをやる心理をなる程とうなづいた位だつた。しかしあまり頭のよくない三八が、これはヒステリーと言ふものであることを知つたのはずつと後のことで、その時はお才の何とも手におへない悪癖になやまされてゐた。

お才が廿八才、三八が廿才の時、二人はくつついた。三八が田舎から出て来てお才の家に寄寓するやうになつたのは彼の十九の年だつた。その頃お才の夫は某省の役人で相当な地位に居たのが、三八が寄寓してから一年目の春ぽつくり肺炎で死んだ。その時三八は或私立大学の予科に居たが、何時の間にか体力の旺盛なお才の肉体に圧倒されてしまつた。それから直ぐ居を郊外に移して同居した。お才は妊娠した。三八も学校なぞばからしくなつて止した。まるで二人の生活は物の怪に取憑かれた動物の生活に近かつた。先夫の残した遺産やお才の実家から来る送金で生活の心配なぞ毛頭なかつた。言ひ忘れたがお才も三八も同じ国の生れだつた。特にお才は天草島の牛深といふ漁村の出稼女の多い土地の者で、相当な財産家の娘ださうだが、彼女のお婆さんといふのがシンガポール辺で長い間毛唐の妾をしてゐて貰つた金が彼女の家を富ましたといふ事を三八は何時の間にか知つて、成程とうなづく事があつた。さう言へばお才は何処か日本人らしくない肉体と眼を持つてゐる。二人の間に生れた美智子も矢張り少し日本人離れがしてゐて何処か変に魅力のある女の子だ。この十年間彼等は何をして来たか、大抵想像がつくであらう様に彼等は何もしなかつた。徒食しただけだつた。五年程前に千円ばかりかけて養鶏を初めたが半年経たないうちにまるで失敗した。それからずつと年々生活が心細くなつて行くばかりで、三八は全くぐうたらな人間になつてしまつたし勿論就職の望みも無し、変に老人臭くはなるし、お才は色々な点で彼に不満を感じて来るし、二人の間の美智子は年中病気ばかりするし、彼等の家庭には何の希望も楽しみも無くなつてゐた。そこで二人が漸やく気付いたのは残りの二千円ばかりの財産を最小限度の生活で長持させる事と、三八が何等かの職業にありつくことだつたが。三八の肉体は極度に疲れ切つてゐて、生活に対する何等の反撥力をも示さないばかりか、いよいよ無力になつてゆく様に見えるのである。彼がそんな風で職も探さなければお才達に対してすら元気のいい愛情をも示さないで、年中怒つた様な顔をしてこのごろでは犬ばかりいぢくつてゐるので、さすがに楽天的な肉体的なお才も、いらいらして来て、ヒステリーになつたのであらう。それで美智子まで変な性質になつて来るのである。何時だか美智子が突然発熱した時、友達の所から夕方帰つて吃驚した三八は、寝てゐる子供の前で「病気ばつかりしやがつて、親不孝な奴だ。」と自制もなく呶鳴つた事があつた。こんな言葉で怒る必要はちつとも無いのだが、三八もひどくいらいらしてゐる所にもつて来て、年中病気をしてゐる子供が又十日とたたないのに発熱するなんて、ひどく可愛さうになつたのと、日頃からお才のしつけが悪くて、美智子が親の云ひ付けをちつとも聞かない為めに病気になつたのだと思ひ込んだ三八は、突然にお才に対する面当てもあつてかう呶鳴つたので、親不孝なぞといふ感情はちつとも無かつた。が、お才はそれを聞くと、ひどく怒つて、「あんた、美智子が可愛くなかとですか！　病気の子供ば呶鳴つたりしとつて、まるで畜生んごたつと。」さう云つて地団駄ふんで泣き出した。お才のヒステリーが起つて来ると見栄も外聞もなく天草弁が丸出しに飛び出すのであつた。その事以来愈々彼女は自分へも美智子へも愛情といふものがてんで無くなつて、むしろ嫌つてゐるのだと思ひ込んでしまつたらしい。そんな時に三八が狸犬を買つて愛し出したのは実に運が悪いといはねばなるまい。

そんな訳で赤木三八はお才の見てゐる側で犬を可愛がるのを憚る気持になつた。一つは好んで同じ様な争ひをくり返したくない心情と、お才の美しくはあるが、妙に本能的なみにくいヒステリーの表情を見るのが怖しかつた。類人猿みたいに下唇が突出して、眦がつり上つて変に顔面に青みを呈して来る。「うるせえな。何百ぺん云つて聞かしても解かんねえ野郎だ」と思ふと情けないみたいで一々物言ふ気力さへ失せて来る。ので、それが嫌なばつかりになるべく外出する様にしてゐた。外出すると言つても一文無しではさう毎日毎日歩いてゐる訳にも行かない。そこで三八は草の芽のやつと出かかつた野つ原に寝そべりに行つた。それほど田舎でもないのに彼等の家から四五町も南に行くと流れがあつて、その向うの小高くなつた丘に楢やくぬぎや、山桜、椿なぞの雑木林に囲れた約一町歩ばかりの荒地があつた。鎌倉時代かなにかの郡代といつた豪族の館跡ださうだが、さういへば何となく平凡な武蔵平野には要害の地らしくはある。その荒地の真中に伝説めいたおそろしく巨大な松の木が一本空にぬつと突き抜けてゐて、離れて見ると上の方は何遍か落雷に見舞はれたと見えてそぎ取つた様にへし折れてゐるのがわかる。その屈節したこぶだらけの根つこの所に行つて寝そべると、どんな無風な日でも颯々といふ音が聞える。これはあんまり高いので上の方には何時でも風が吹いてゐるといふ訳か、それとも松の木といふ奴はあの針金のやうな葉つぱが磨り合つて、言ふところの松風の音を出すのかも知れぬて。兎も角遠くから見ると何とも言へぬ雄こんな老木で、見事だ。竹田先生作と称する例の高士弾琴之図にもこんな松の老幹がすつくと立つてゐたつけが、文人画家といふものはこんな珍しい樹ばつかりねらつて書くのかも知れん。……その二たかかへもある松の下に三八は何時も寝そべりに行つたわけだ。そこにゐる時だけ彼も妙に心静かで、青空の日ほど、その松風の音が冴えてゐるので、ついうとうとと三時間も眠ることがある。そんな時彼の狸犬も彼の足許で寝てゐる。この頃松の梢に二羽の鴉が巣喰つてゐて、十日程前からギヤア〳〵うるさく叫びながら天下晴れての恋愛遊戯をやつてゐたつけが、この節は乳くり合ひも漸くすんだと見えてさつぱり静かになつた。それでもまだ鴉の方が、人間よりも行儀がいいと三八も思つた事だ。松上に鴉の愛の巣を仰ぎ、われ狸犬と共にバンコンサクセツに枕す、なんていい気持で太平楽を極め込むのであつた。とは云ふもののあんまり長く犬と遊んでゐるのも禁物なのである。お才の裸が怖ろしい。いやどつちにしても彼は救はれない男だ。お才程度の女のことにさう気兼ねする必要もあるまいと思ふが、三八にして見れば、さう無下には云ひ切れないところがある。それだけに彼は心の中でいらいらして、堪らなくなつて来るので「畜生、そんなことでひとを圧迫して来てもちつとも怖くないぞ、悪女奴勝手にするがいいや」と情けない反撥は示すが、それをどう処置するといふ考へも浮ばないのだ。この頃では一種のお才のわるいくせにおびえてゐる様だが。さすがの三八も自分で自分の心を処置できない苦しみも手伝つて、堪らなくなつたらしく猛然と自我を押し通して行くか、いまのままでいらいらしてゐるか、どつちかに決めなければならなくなつて来た。最近ではお才が犬まで憎らしがつて邪けんにする様で、留守の時なぞ心配で耐らなくなつた。そこで「ようし、——こぎやんまぢして遠慮ばすることなか」さう三八は決心した。大体こんな事を決心するといふも可笑しいのだが三八は大変な意気込を持つて決心したのである。それからといふもの彼もまた妙にヒステリックな強気になり出した。「ぬしがごたつとに、何時まつでん負けとつて堪るもんか。俺が犬ばちつとでんかもちみろ、どぎやんとするか見とれてち。」彼はうはずつた顔をして茫々と犬を引いて帰つて来た。しかし帰る途中で少し気が挫けて家に着くまでに大決心もあやしくなりかけてゐた。三八が裏庭に廻つて犬をつないでゐると、はたして物音を聞きつけて、お才が奥から恐しい剣幕で馳けてくるのを感じた。「こりや不可ん」と思つた途端、三八は不吉な予感に襲はれて、立おくれの感じでぼんやりすくんでしまつた。「あんたつ」と金切声と一緒にひきつつた顔が出た。そんな時お才は実にだらしのない恰好をしてゐるので、もう肩の辺りには着物もかかつてゐないので、髪は勿論くしやくしやだし、帯だつて満足に締めてゐないのである。「こりや不可ん」と三八はもう一度考へた。留守の間にヒステリーが起つてゐたのである。

「これ、これは何ですかつ」とお才は右手に一枚の紙をくしやくしやに握りつぶしてゐたのだ。茫然とその紙を見つめてゐた三八はやつとそれがなんであるかに気付くと、はつとして、また「こりや不可ん、しまつた。」と思つた。その紙は犬屋がよこした狸犬の受領証なんだ。うつかりしてゐて何気なく本の間にしまつてあつたのを見つけられたのであつた。

「こん廿円などつかる持つて来たつですか。妾の知らんうち、着物ば質い持つていつたつでつしゆう。」三八は予期した事だが返答に困つた。長々と掛軸などを持出して売り歩いて作つた事など饒舌つてゐる余裕もなかつたし、かといつて適当に短い言葉でお才の納得出来るやうな説明もつきかねた。第一こんな場合何と言はうとお才の発作が直る訳のもんではないのだ。それで彼は仕方なく成行きにまかせるつもりで黙つてゐた。お才の方では三八が黙つてゐるので、これは愈々怪しいと思つたのか、身をふるはして地団駄ふんだ。愈々何時もの癖が出たらしい。

こんな場合、二人の言葉は何時の間にか丸出しの田舎弁になつてしまふので、万一立聞きされてても喧嘩の内容は他人には解らないと思ふが、あんまり大声でわめかれては隣近所に気が引けて仕様がないのである。それに滅多に表には飛び出さないから好い様なものの真つ裸で狂つてゐる姿を他人にでも見られたら全くどうもならぬ。それにこの頃の様子では表にだつて飛び出しかねない様子なので、若しさうなつたら、これは警察沙汰にもなるであらうし、夫婦喧嘩どころではなくなつて来る。第一土地にも居られまいし、自分がずつと年下だけに、それでなくても何のかのと妙な噂が拡つてゐるのにやり切れぬのだ。だから、もうかうなつては只々お手やはらかに済む様に祈るばかりで彼女をなだめるのに一生懸命だつた。ところがこの病気だけは相手にしてゐれば、どんな方法をとつても治らないといふ事がやつと三八にも解つた。つまり彼女が疲れ切るまでするままに言ふままに放つて置くより外、術が無いのである。実は自分でうまく戸外に飛び出すのが一番いいが、さうすると裸のまま追つかけられる心配がある。まあ、子供の美智子が見てゐないといふ事だけでも助かるのだ。美智子の教育上（?）よろしくないのは当然として、隣近所の物好きが美智子を捕へて根掘り葉掘り喧嘩の有様を聞きたがるらしいのが不快なんだ。それを美智子はまた好い気になつてお饒舌りするらしい。その隣近所にどこかの女学校の先生をしてゐるといふ立派な夫人が一人居て、この女史があること無いことラヂオの役目をして歩るくのである。この女史もどうやらお才と同類らしく、御機嫌がいいと、三八が吃驚する程丁寧におじぎをしたり、亭主の自慢をしたりするが、どうかすると、こつちでおじぎをしても、つんとそつぽを向いてることがある。何時だつたか夜中の二時頃、この人のチヤツプリンひげを生やして太つた御亭主が寝巻のまんま家を飛び出してそこらをうろうろしてゐた事があつたが、多分べつかふ目鏡をかけて取すました女史が家出をしたのだらう。尤も彼女はお才なぞと異つて、立派な人だしするからまさか裸にはなるまいと思ふが、教育者に対して余り失礼な想像はしたくない……

さて、三八は呶鳴つてゐるお才の前に寝そべつて、お才の方に足を向けて犬の薬を買つた時貰つた「健康の友」といふ本をめくつてゐた。

「あんた、妾より犬の方が好きでしゆうが、ちやんと解つとるばい。ああくやしい。あぎやん汚らしい犬しやが居りや妾でん美智子でん居らん方がよかとでしゆうが。それに違ひなかと。ふんとに妾あ、主がこげん人だといふこたあ、今ん今まぢ知らんだつたばい。昔のこつば、思ふち見なはり、だんだんぬしちゆう人間な、悪るうなるばつかし、妾や美智子が居らん方が好かとんごたる。何かちや出て行けの糞婆だの言ひやがつて、そりや何方の言ふこつですか。自分かる妾ば何んのかんのと嫌に親切にして誘惑したくせして、そりば妾の銭の無うなる頃になつて、そぎあん風になるなんてち、そら鬼畜生んするこつばい。(三八は病気の云はせる事だと思つて聞いてはゐるが、どうも女といふものは自惚の強いもんだと思つた。たしかに誘惑したのは当時廿八歳で未亡人だつたお才の方で、田舎から出て来たばかりの三八はむしろおどおどして怖がつてゐた位だ、それに現在だつてお才や美智子と別に暮す意志など毛頭ないのだが、どうも裸で柱にしがみついて呶鳴つてゐるのを見れば何を言ふ事も出来ない。お才はふだんわりにおとなしい女だけに、ヒステリーになつても兇器なぞ振り廻はして暴れるといふ事はあまりないのだ。ただその裸になるのが得手で、それも最初は吃驚した上に変な気持になつたがこの頃では馴れて何ともなくなつてゐる。それに三八にひそかに自慢をさせなくても、お才のポーズは決して悪るいものではない。色こそ少々黒いが、祖先に毛唐人の血が混つてゐるといふだけになかなか美しいのである。）主あ、野良犬と一緒に出て行くがええでしゆうたい、あぎあん犬に廿円も出しやがつて美智子が病気てち云ふてん、薬も飲ません癖しとつて、犬が一寸くしやみしたてちいふちやすぐ薬ばやつとらす。（これも実はお才の誤解で、三八は美智子の病気だといふとお才がすぐ逆上して、すぐ医者を何人も呼んだりして大騒ぎをするのをとめただけだが）へん、わが子や妻よつか畜生ん方が可愛かつつろたい、出て行けつちゆうなら出て行きますばい。そん代り妾ん今まで出した銭ばみんな出してもらひまつしゆ、ぬしがごたる意気地無し男にやびた一文でん出来るこつちやなか、くやしかつたら作つて見るがよかつ、ふん。」三八は黙つて本を読んでゐた。

「なんだい、そのざまあ、おどんが真面目な話ばしとつとに、ひとに足ばむけち寝そべつとる。ひとを馬鹿にしとつとだろ。ちやんと坐んなはり、なんな、そん、どぢようんごたる目付きや、打つなら打つがいい。ほら、ほら打つて見なはり。……打ちもしきらんくせして、あたしとふもんが居らんきあ、あんたんごたる怠けもんな今ごろ死んどつとばい。こん十年間にあんた幾何銭とつたな……ほら辱しうてよう言はれんとだろ。まちつと、男なら男んごつ、別るるなら別るるごつはつきりしなはりまつせ。くやしい、くやしい。馬鹿野郎！……」

かう洗ひざらひ、何もかも云はれたんではさすがの三八もてれてしまつた。が、案外彼は冷静だつた。

「おい、そぎやん大きな声で言はんで呉れ。おりがわるかつ、もう解つたちゆうこつ。みつともにあけん東京べんば使ふち呉れ、誰れか外で聞いとるごたる。」三八は哀しさうに唸つた。垣根の外で誰か近所のものが立ち止つた気配がするのだ。するとお才は余計大声でわめき出した。

「なんてち言ひなはるな、人ば馬鹿にしとつて、くやしい、へん東京べんなんきやなんだい。いくらでん使うと思ひや使ひきるばつてん。ぬしがごたる男にや使うちやらん。」

「おいおい、たのむから電車ん中でお前が使ふごたるやさしか東京べんば使うちくれ、たのむ。」

「何んな、人ば馬鹿にしとつて……」

お才は外に立聞きがあると聞いたので、そつちの方に向つて何か毒突かうとする気配がみえた。で、三八はあわてて飛び上つてお才の口を圧へ、着物を持つて来て着せてやつた。三八はてれくさくて恥しくて、よくよくの事でなければそれだけの勇気が出ないのであつた。

「ね、ね、あやまる、ごめんよ、おいが悪かつばい。お才よ、ごめんよ！」こんな事までも言はねばならなかつた。さうしないと治まらないのだ。

それから三日ばかりして、買つてから丁度一ケ月目によあけ方犬は死んだ、三八が何遍かお才と喧嘩をしてまでも、又秘かに薬を飲ましたり牛乳をやつたりした甲斐もなく死んだのだ。雨の日だつたが、三八がよあけに起きて便所に行くとき覗いて見ると、狸犬の仔はもう冷めたくなつてゐた。多分ヂステンパーで参つたのだらう。三八は茫然としてしまつて気が抜けた様だつたが、お才はそれから急に三八に愛想よくなつた、と三八は感じて苦笑した。

その小雨の降つたり止んだりしてゐる午後、三八は犬の死骸を幾重にも新聞紙に包んで、あの館跡の木の下に埋めに行つた帰り途で、とある百姓屋の物置の側を通ると、どうも美智子らしい女の子の声がするので、暫く立止つてゐると、はたして美智子と近所の四年生位のめつかちの男の子が出て来た。男の子は三八を見ると吃驚して真赤に顔をそめながら逃げ出したが、美智子は平気で彼の右手にぶるさがりながら「あのね、あの子、あたしにねキヤラメル呉れたりして何時もここへ引つぱつてくるのよ。嫌な子よ。」と妙に甘つたれた声で言つた。

目白師

青梅街道筋にある森田六平の店は奥行が一間、間口が一間半しかない。三軒長屋の一番西にある。あとの二軒は豆腐屋と提灯屋だ。家の側に大きな欅の木が一本立つてゐて初夏から夏には涼しい影を落してゐる。これあるが為めに森田小鳥店は、看板も何も無いその貧弱さを秘してゐると云へる。またその為めに余計人の目に立たないのも事実だ。全く有るか無いか判らぬ様な店なのだ。勿論店の売品（小鳥達）はその時期に依つて多少変化してはゐるが、何時行つて見ても、同じ鳥が同じ様につまらない風情で止つてゐる、――先づ売れ残りの藪鶯が二羽、野路子が二羽、荒頬白が五羽（これは売値一羽三十銭位だ。）、それに、差しの背黒せきれい、同じく河原ひは、びんずいが各一羽づつ。その他播餌鳥の十姉妹三番、セキセイ二番、並カナリヤ四番位のものだ。これは全部で三四十円の商品なんだが、森田六平商店の自慢は何と云つても目白と雲雀にあるらしい。これは合せて五十羽位はゐるだらう。それに趾の腫れ上つたよたと歩く黒いちやぼが一番と、女房に家出をされて憂鬱に鳴いてゐる伝書鳩と流産ばかりしてゐてすつかり神経質になつちまつたテリアの雌犬が一匹だ。これで全部だ。

主人の森田六平は五尺足らずの小男で、年は四十五か六か、人並外れて毛深い人だ。顔は一寸露西亜農民みたいで立派なんだが、あまり背が低い故か、風采はあがらない方だ。何時もよごれたコール天のズボンを引きずつてゐて、どんなお客が這入つて来ても決して挨拶をしないで、只髯だらけのあごを上にしやくり上げて見せる妙な癖がある。が、誰一人彼の事を横柄だとか傲慢だとか言ふものはない。つまり彼の目が何時も人なつこさうに笑つてゐるからである。それで馴れたお客はみんな「今日は」とか「いいお天気だね」とか言ふ代りに矢張彼の真似をして目で笑つて見せるだけである。だから初めてのお客は何だか小馬鹿にされた様な気がするかも知れないのだ。

彼は先妻が死んだあと八年間も今年廿三になる息子の宇平とたつた二人のやもめ暮しであつたが、四年ばかり前に、ある人の世話で今の後妻のお光と一緒になつた。目の小さな顔の真中が凹んだ感じの女で年はもう四十二三になるだろうか、ひどくぐづらしく、その癖六平に仕事を言ひつけられるとすぐふくれて口答へをし、朝なぞわざと息子が出掛けるのを知つてゐる癖に寝すごしたり、息子が小遣をねだると自分も一緒に欲しがつたり、客たちに対しても気の利く風の女ではなかつたが、六平は色々な不満もあるが、矢張り御飯たきに困るので大概の事は我慢するのであつたが、どうやらこの節、店の不景気の故からか目立つて我まゝなふるまひが多くなつて、自分では気の練れたと思つてゐる六平も堪りかねて、ひつぱたく事が多くなつた。六平は六平であまり店の方も面白く行かないのだ。お光も二度目だが、元は何をしてゐたのか解らぬ。息子の宇平はそこから一町ばかり離れた、同じ街道すぢの眼鏡工場に通つてゐる。彼は柔順しさうな内気な好青年で、義理の母のお光がそんな風で、仕様の無い女でも、兎も角も母親らしく扱つて、朝寝坊して自分の飯が無くても別に口小言一つ言はないで、黙つて出勤する。親父よりずつと背も高いし、ひげもあまり濃くなさゝうだし、六平に似てゐない所を見るとこれはきつと彼の死んだ本妻に生き写しなんだらう。して見ると彼の死んだ女房は相当な器量よしだつたにちがひない。尤も宇平は子供の時、軽い脳膜炎をやつたとかで、多少顔面が歪んで見える事がある故か、時々その印象が変ることがある。が、実直で柔順しい青年だといふ事は間違ひない。彼の仕事は相当専門的な技術を要するらしく、未だ廿三歳の青年だが、五十円ばかりの給料を取つてゐるのだ。毎日紅がらの粉で青い作業服を真赤に染めて、相当高価な眼鏡のレンズをその異つた度合のものを磨き込んでゐるのである。母親に早く別れた故か、大変な親父思ひで、滅多に遊びにも行かず、貰つた給料の殆んど全部を彼等親子の生活費に注ぎ込んで、自分ではお湯銭と煙草銭位外使はぬ。尤も親父の商売の方は生物ではあるし、六七八といふ様な月には殆んど商売がなく、むしろ欠損つづきなので、親父の方でも心の底ではこの息子の宇平をどの位頼りにしてゐるか判らないのだ。その癖どこか剛直なのか、この息子にやさしい言葉をかけたのを聞いた人は一人もない。朝晩お光が何か不貞腐れてやらないので御飯たきをさして置いて、息子がお湯銭を貰ふ時なぞ、怒つた様な顔をして、不承不承に出してやつてゐる。さうしないと親父の威厳が無いと思ふのか、けちなのか、恐らく両方だらうが、それでも宇平は悪い顔一つ見せない男だ。六平が怒つた顔をするのはお光に対する間接の見せしめもある。

森田商店のお客様の数はそんなに沢山はない。数へる位だ。某官省の技師をしてゐるといふ四十二三の男。彼は大概土曜の夕方からやつて来て、いきなり奥の長火鉢の前に外套のまんま胡坐をかいて自分の持つてゐる鶯の自慢話をする。そして森田親子に餅菓子なんぞをおごつて夜おそく帰つて行くのが習慣になつてゐる。余程鳴鳥が好きで沢山飼つてゐるらしいが、森田商店の上客の一人だ。何時もへい、へいと云つて六平は彼の話に相槌を打つてゐるが、内心甘く見てゐるのが彼の不用意な言葉で判る。それでも最も高価な鶯や目白の注文をするので、六平は彼を非常に大事にしてゐる。自慢をする程目が利かないので売りいいのである。明治中期に海軍士官をしてゐたといふ九州の老人。六十近いと思ふが、未だ実に青年の様に矍鑠《かくしやく》とした容貌魁偉の老人である。この人は余程目白に凝つてゐると見えて、余程六平の目白に対する達識に敬服したと見えて、毎日のやうにやつて来ては、大きな声の九州弁で六平と目白の議論をやつてゐる。が、彼は今まで、一円五十銭の目白をたつた一匹買つただけである。それも四五日その目白に目を付けてゐて、来るたんびに、そのねらつて置いた目白を日向に出して見たり鳴かして見たりして、「どうでつしゆうか。この目白は尺ば引きますどか音づやはあんまりようなかごたるばつてん値段が値段だけん仕方がありませんたい。」と、さう云ひ云ひやつと幾日目かに買つて行つたのが、後にも先にもたつた一辺きりだ。そしてその後も来る度びに必ず一度は自分の買つた目白について、六平の意見を求めて、「どうでしゆうかあん目白は尺ば引きましゆうか。引きますみやあか。」と毎日毎日聞くのである。これには流石の六平も少しうるさくなつたのか、「いいですとも、ありやきつとええ目白になります。」と好い加減に返事をする様になつた。が、それでも六平はこの老人の人品の立派なのに圧されて、さう嫌な顔もしないで話し合つてゐる。この老人の息子夫婦が家では別にカナリヤを飼つてゐるらしく、そのカナリヤが嫌ひで嫌ひでこの老人は息子夫婦の留守をねらつてはカナリヤの卵を、にくつたらしげにひねりつぶすのださうで、「わたしやあぎあん、カナリヤなんてちいふ鳥あ、ぢや嫌あでごわして、にくらしゆうしてあんた何時でんあやつらが出て行つたあとで、ひねりつぶして呉れますたい。」と、如何にもそのカナリヤが仇敵の様に話すのである。尤もカナリヤの鳴声は目白にとつては非常に邪魔なので、カナリヤが居れば絶対に完全な鳴目白に出来ないのだ。老人は実はその親カナリヤを捨てさせたいのだが、自分の目白も彼等のカナリヤも同じく好きで飼つてゐるのであつて見れば、彼等にだけ好きなものを止せとは流石に云ひ兼ねるらしく、それだけ又にくらしくもなつて来るのだが、せめてその卵でもひねりつぶせば兎も角も現在以上にはその嫌ひなものがふえないし多少は気がおさまるといふ考へらしい。吉田屋の主人。これは酒屋の主人だ。彼も六平の上客の一人で未だ卅七八ださうだが、頭がつるつるに禿げてゐて、平常はとても細い猫なで声でもつてお華客廻りなぞをして女みたいにやはらかい物腰だが、あれでなかなか陰険だといふ人もある。赤らんだ丸顔で嫌になる程腰の低い男だが、この男も小鳥には目のない方で自分の家の二階全部を鳥小屋のやうにして一時なぞ目白ばかりでも百羽から居た事がある。矢張目白党で目白師の六平とはその点で意見が合ふし、又よく六平の目白を買つても呉れる。随つて目白の餌も五升一斗と大量を買つて呉れる好いお客だが、最近六平と一匹の目白のことですつかり喧嘩をしてお互に行き来しなくなつた。それは、六平が去年の六月、九州宮崎県の奥ナラといふ所から取寄せた所謂豊後目白の雛つ子共の中、一匹細型ではあるが、すばらしく音づやの好い奴を発見して彼は永年の苦労から雛鳥の将来をトする自信があると信じてゐるので、そいつの生長は非常に楽しみにしてゐて、秘かにそいつの手入れや鳴かせ方には日夜苦心してゐたのである。「こいつあ、おまひさん見てゐなはれ確かに五十両がものにはして見せるだあよ」と、一人言見たいにつぶやきつぶやきしてゐた。大体去年取よせた五十羽ばかりの豊後ものの中で、どうやらそいつがたつた一匹見込があるらしいので、満腹の期待を一途にその目白につないでゐたのだつた。彼は去年ものが天然鳴きをする四月が待ち切れなくつて、もう一月の末頃から目白共の夜飼ひを初めたのであつた。大体夜飼ひといふ奴は本当の目白好きは決してやらないのだが、六平はそんな事は百も承知の癖に、どんなすばらしい奴が飛び出すか早く見たいので、それに早いとこ好い悪いを知つて値を決めておかないと三月四月の時機に損をせねばならぬ。それで彼は一月末から四五匹づつあぶり（夜飼のこと）出したのである。が、去年の雛つ子共はどうした訳かひどく成績がわるくて、どれもこれもチヨン公や鶯を鳴く奴ばかり飛び出しやがつて、目白師とも謂はれる六平には何とも憂欝で仕様がなかつた。「チヨツ、糞いめいめしい野郎共だ！　これぢや天から餌損だわい。馬鹿め！」彼は一日五厘も附かうといふハヤの極上餌の五分を毎日々々食はしてやつて、毎日水を浴せて丹精したかひが無くなつたのですつかり腹を立てた。気が抜けた様に彼は毎日不機嫌な顔をしてそれから穀つぶし共を睨んでゐるのだつた。この目白の出来不出来は目白師の六平の商売には非常に重大なんだ。この目白に依つて彼は兎も角も自信を持つて小鳥屋がやつて行けるのだ。さうした六平の不機嫌の中で、やつと卅何匹目かであぶつた奴が、例の音の好い目白だつた。それを発見して六平が自分の頰ぺたをたたいて狂喜したのは言ふまでもない。それと同時に彼は素人であるが、同じ目白師の吉田屋にはこいつのことを秘して置かうと考へた。それは吉田屋がこの目白を知れば、今迄の関係上、こいつを有無を言はさず雛の値で引つこ抜いて行くに決つてゐるからである。目白の時機が近づいて来る頃になつて吉田屋は毎日やつて来た。日に二度も三度も来る様になつた。勿論六平の目白の成績視察を兼ねて自分が彼の上華客であるといふ権利を利用してうまく好い目白を安値で引つこ抜うといふ腹であるのだ。彼は例のやさしい猫なで声でもつて、「六平さん、どうだあんたん所の雛つ子を聞かして呉れよ。」と言つていきなり奥に上り込んでは、さつさと六平の目白を鳴台にのせて、目白笛を懐から取り出して吹くのである。すると、目白共は勢いつぱいの声で鳴き出す訳だが、先に言つた通り今年の目白はよくないので吉田屋も四五匹鳴かして見ては止めてしまふのであつた。「どうも今年あよくねえな、六平さん」と吉田屋は心から同情した様な顔をして云ふのである。すると六平も「全くよくねえ、だがな、矢つ張り目白は天然になつて見ねえことにあ本性は出ねえだよ」と例の一匹の目白の事を考へて言ふのである。事実彼はその一匹の為めに余り不機嫌では無くなつた。それから四五日過ぎた雨の日の午後、六平は一人も客が無いしするしこんな日なら大丈夫吉田屋も来まいと思つたし、一つゆつくり例の目白を鳴かして楽まうと、ていねいにそいつの籠を取り出して鳴台にのつけて、さて誘ひの笛をゆつくり口に持つて行つたところへ、吉田屋がやつて来た。六平はすつかり周章《あは》てたが、直ぐ観念してしまつた。「吉田屋さん、今日はね雨で暇だから、ゆつくり鳴かして見ようと思つたのよ」さう彼はてれ臭さうに誤魔化した。さう言つてるうちに、鳴台の目白はもう素晴らしく緊張した姿勢になつて、鳴き出したのであつた。六平は得意と憂欝が一緒になつた妙な顔をした。吉田屋の横顔を覗くと、吉田屋は身じろぎもしないで、ぢつと腕ぐみをしたまま目をつぶつて、感に耐へない風情で、聞き入つてゐるのだ。目白は物の二分も美声で囀つてゐたが、一寸息を入れて又前より勢よく鳴き出した。吉田屋は微動もしないで、うーンと唸つてゐる。六平はひどく憂欝になつて、目白と吉田屋を等分に見分けてゐたが、何となく堪らなくなつて、つかつかと目白台に近よつて籠を引つたくる様におろしてしまつた。それでも吉田屋は動かなかつた。ややしばらくして静かに彼が顔を上げたのを見ると未だ惚れ惚れと声音に酔つてゐる様な、呆然とした顔をしてゐたが、「少し尺が足らぬ」と一口けちを附けて又黙りこくつてゐた。だがまだしつこく畳の上に置いてあるその目白から目を離さず物の十分もしてから、例の猫なで声で、「ね、六平さん、四両出さう、尺は無いが音はすばらしいんだ。ね、尺がなけりや会には向くまいね」さう言ふのであつた。五両や十両で売れる品物け、こいつが、と思つて六平は憤慨したが、愈々来たな、と思ふと、只にやにや目で笑つてゐた。吉田屋はその時はそれ以上何も言はなくて帰つて行つた。が、六平は「卅両なら仕方がねえ、永年のお客だ、手離なさう。」さう彼が帰つて行つてから、例の奴にじよろでやさしく水をやりながら考へた。「それ以下ぢや誰れが何とぬかしてもびた一文欠けても売るこつちやねえ、百両がもんだぞやい、こりや。」と一人で興奮するのだつた。それでも彼は実は手離すのが嫌だつたのだ。

その日は吉田屋の外に一人もお客が無くて夕方になつた。一日一厘の商ひのない事さへ例の目白のために気にならなかつた。今年になつて何となくお光との仲が面白くない彼としては初めて好い気持になつて、今夜は店を閉つてから焼鳥を食つて泡盛を一杯、まあ二杯位はいいかなと彼は考へた。あまりいける口ではないのだが、うんとまうけのあつた夜なぞには一、二杯やるのである。その日は目白がもう百両になつたやうな気がして一杯やることにしたのである。夕方六平は少し早目に鳥共にふろしきをかぶせて戸じまりをしてゐると、息子の宇平が帰つて来てゐるらしくお勝手の方で夕食の仕度をしてゐる気配が聞えて来た。女房のお光はどこかへ行つて未だ帰つて居なかつた。そこへ又吉田屋が小雨に濡れながら自転車でやつて来て、いきなり、「六平さん十両出しとこ、俺に寄こしなよ」と言つた。六平は相不変足許を見抜いた自信ある顔でにやにやしてゐると「ね、寄こしなよ、十両と云や雛つ子ぢや飛切の相場だぜ、惚れたから附けるんだぜ、ねえ、六平さん。」ふと六平が吉田屋の顔を見ると彼は大分呑んでゐるらしく、ハアハア臭い呼吸を不遠慮に吐き出して、づかづか上り込んで坐り込んだ。六平は自分の家で無い様に彼の後から奥へ通つて電気をつけると、彼は吃驚した。吉田屋の権幕が並大抵ではなかつたのだ。ふだんの猫撫で声の物腰とは丸で違ふ別人の様に荒つぽかつた。「六平さん、俺は理不尽は云はねえつもりだぜ。かうして二年も附き合つてゐて、まあお前さんも知つての通り、俺あ随分お前さんの目白は言ひ値で買つてやつたつもりだ。それに、餌のハヤだつてもつと安値の家も知つてんだが、俺やずつとお前さんの家からばかり取つてゐる。こんなこたあ言ふ迄も無えこつだが、なあ六平さん。普通なら三両か四両の雛つ子に十両附けるんだぜ。何とか考へて貰はないことにや今日は動けねえんだ。」

酒が言ふのか正気が言ふのか、いやこれは確かに正気だ。吉田屋の野郎あれで猫を被つてゐやがるが、払ひの悪いお華客なんぞに呶鳴り込むつて話を聞いては居たが、成程、そんな人間だわい。俺あちよつくら見損なつた。随分話の判らねえ、筋道の立たねえ男だ。何も売つて呉れなら売つて呉れで、まるで喧嘩腰で来やがつて、ちつとべいの買物を鼻にかけやがつてけつまくるなんちゆうこたあせぬもんだ。いい年をしやがつてこの馬鹿野郎！　五十両が百両でも売つてやんねえぞやい。と六平もひどく気色を害されて汚い長火鉢の前に坐り込んで真面目な顔をしてゐたが、ふと気を取り直すと、何もここで酔つぱらひと喧嘩をしてもつまらねえ、と考へたのか、又ふだんのにこにこした目付になつて、番茶を入れ初めた。息子の宇平さへこれは意外だといふ面持ちで、べにがらのついた作業服のまま片手に洗ひかけの茶碗を持ちながらのぞきに来たが、親父の不機嫌な目に出会ふと又台所に引き込んで行つた。吉田屋はふうふういつて「どうだい六平さん」といふ様な怒つた酔ひ面をまともに向けてゐるのである。六平は渋い番茶茶碗を吉田屋の方にも押しやりながら自分でも一口呑んで、かう言つた。「吉田屋さん、さう言ひなさるならようがすよ、俺もあれ一匹を楽しみにしてゐたんで、そりや惜しいにや惜しいが、まあ、好うがすよ、他ならぬあんたのこつだしするし、十両でお譲しやしよう。だがね、吉田屋さん、あんたは今夜は少し酔つてる様だが、明日の朝あの目白をよう見てからにしなすつたらどうかね。後になつて違ふだのなんのと言はれても俺あ困るだよ。」彼は夜中にあの目白をこんな冷めたい雨の日に持つて行かれるのは、冷えて風を引きはしないかとそれが心配でならなかつた。風を引けば喉を悪るくして音が落ちるのは必定だ。さうなつてから後で文句を云つても自分は知らないといふのであつた。尤もな言ひ分でどんな場合でも人のいい六平の云ふ通りである。「いや六平さん、さう承知して貰らや、あたしもうれしいのさ、いや明日の朝と云はずたつた今持つて行かう」と言つて彼は自分で立つて戸棚に眠つてゐる鳥籠を出して来て、さつさと自分のふろしきに包んでしまつた。そして胴巻の丼から十円札をつまみ出すと、ぽんと六平の前に投げ出した。六平は見向きもしなかつた。吉田屋は何時の間にか元の猫なで声になつてゐて、「こいつをあたしや八王子の会に出して見てえのさ、西の大関は動かぬ所だな、六平さん！」

六平は黙りこくつてそつぽを向いたまま煙草をふかしてゐた。吉田屋がすつかり上機嫌になつて表へ出て行くと、彼はいきなり途方もない大きな声で「宇平、台所なぞ止めて酒買つて来い！」と呶鳴つた。「吉田屋の糞野郎とは今日つ切り縁切りだぞやい。宇平、お前え、あいつの家へ行つたつて今さう云つて来いやい。」と宇平は台所から、「お父つさん、そんなこと云つたつて初まらねえや、吉田屋さんだつて酔が醒めりや後悔するにちげねえよ。まちつと待ちなよ」さう言つてなだめた。「この野郎手前迄この親父を馬鹿にしくさる気だな。ようし、俺が行つて喧嘩して来るぞ。」と六平は小さな体をはずませて表戸を手荒く開けると雨の通りに飛び出してしまつた。宇平がひどく心配して後を追つて出て見ると、六平は小男の癖に変に肩をゆすぶつて、吉田屋とは反対の方へ急ぎ足で行くのが見えた。それで宇平は安心して又戻つて台所の用を初めたが、彼は吉田屋さんは見かけによらねえわからず屋だと思つた。あれぢや親父さんがおこるのは無理はないと思つたのである――それ以来六平の家にはさすがの吉田屋も顔出しをしなくなつた。六平がひどく怒つてゐるといふ事を誰れかに聞いたのだらう。それにしても六平は数少い上華客の一人を失つて大分困つた事は事実だ。特に目白の有力な売先を失つた。六平はそれ以来益々憂欝になつて、今年は目白も駄目だ、これから雲雀だ、と云つて雲雀の方に熱心になつた。その雲雀の常華客も二三人は有つた。先づ某私立大学の先生と称する人、釣堀の親方をしてゐる眉毛の無い台湾はげのつるりとした顔の男、八百屋の八公といふ男、等々。だが、この雲雀には六平は目白程自信はなかつた。むしろ客の方に教へられることがあつたりする位で、随つてうまいまうけは無かつた。大体この青梅筋は昔から揚雲雀の名所で、素人の雲雀師の実に多いところだ。彼等は五六月といふ雲雀の時機になると、本職の植木屋や流し八百屋を止めて揚げ師になつて方々の雲雀好きの旦那の家に出入して雲雀の揚げ方を仕込むのである。彼等は四月の末から麦畠や多摩川べりから雲雀の雛を取つて来て来年の為めに自分で餌を差して育てるので、それが毎年毎年の事だから、六平は本当の素人相手に売るより外なかつた。その中で大学の教授先生が一番いい華客だつた。目白と異つて雲雀の事は六平も自我を通さずに客の言に耳を傾けるので、あまり人事上の問題は起きなかつたが、雲雀の事でも人知れぬ苦労があつた。

六平は、甲州街道筋に住んでゐる桶屋あがりの雲雀籠作りの名人がひいきだつた。権作といふ老人で、元々肥桶職人だが、どうしたものかこの雲雀籠作りに妙を得てゐて、その技術に驚嘆してゐる者は一人六平ばかりではなかつたが、六平は自分がどつちかといふと職人肌のところから又他の籠屋のものと比較して段違ひの出来栄えからしてこの権作爺を心ひそかに支持してゐた訳だ。が権作には一人の娘がゐて、この女が赤坂あたりで芸者に出てゐて多少の仕送りがあり、女のひいきの男が時々金を呉れたりするので——元々名人気質といふのでもあらうか、ひどくお話にならないずぼらだつた。それも程度を越えた怠け者であるらしく滅多にこの男の籠は手に入らなかつた。それでも六平はこの男の籠でないと使へないと信じて居るし、お客たちにもこの男の籠が如何に見事で非凡であるかを口を酸ぱくして吹聴し、注文をさせるのであつた。これは全く六平の人の好い真実だつた。で去年の夏頃から六つばかりの鳴雲雀の長籠が権作に注文された。勿論、六平も権作が二ケ月やそこらでは作るまいと思つたが、事実は去年から已に一年近くもなるのに未だ一つも出来てゐなかつた。これには流石の六平も業を煮やし、何遍かなけなしの電車賃を使つて出掛けて行つては、鞭撻したりたのみ込んだり、終ひには竹が買へないと云はれると苦しい財布の底をはたいて十円置いて来たり五円用立てしたりした。これは六平にとつては血の出る様な思ひに違ひなかつた。それでも籠は出来なかつた。はや四月は過ぎ五月になつても出来なかつた。六平はこの事で又すつかり憂欝になつた。もう彼もしびれを切らして、「ふてい野郎だいくら腕がいいからつて人をなめてやがる」とすつかり腹をたて何度か呶鳴り込みに行つたが、それも途中で気が折れて権作の呆けた飄逸な顔や風貌を見ると怒れないのであつた。一つは前貸しがふいになるのを心配したし、又骨組みが少しばかり出来かけてゐる新しい長籠を見ると、もうよだれの出る位惚れ惚れして来るのであつた。で、結局又逆にその晩の飲み代をねだられたりして一円ばかりふんだくられるのだ。彼は今となつてはその一円も実に惜しかつたが、ひいきの心持も手つだつていい気持もした。しかし、六平は一人になると愈々陰気になつた。も早、お客の方でも承知しなかつた。一年に一度外来ないこの四、五月の雲雀の時節に、六平が言ふ様に名人の籠をあてにして長長と待たされたお客たちにしてみれば、彼等が去年から各々並大抵でない苦心をして育て上げた雲雀の、各々自慢いつぱいの奴を、腕つこきの籠師の作つた、いくら底を廻して見てもちつとも引つかからないばかりか一厘のすきもない底と籠の連絡を持つた素晴らしい籠に入れて自慢をする手筈が、すつかり狂ふ訳で、彼等雲雀好き共には我慢の出来ない事に相違あるまい。それらの人々からの矢の様な催促を今年の一月頃から何とかかとか言ひ訳して来て、もう権作が青竹の素晴らしい奴を買つて居たとか、もうへごがすつかり出来て居ましたわい、あいつ今に見事な奴を作りませうとか、間に這入つて百方陳弁これつとめて客達を待たして置いたのだが、雲雀の時機も半分以上すんで、所々の揚げの大会も殆んど初められた五月半ばすぎになつても権作の籠は一つも出来上らなかつた。客達の方も内心怒つてゐるが、六平を信用してしびれを切らして待つより他に手はないのであつた。中には、「お前あゝ言つて俺達から手附を貰つといて、お前嘘を言つてるのだらう、もう俺は頼まぬからさう思つて呉れ。」と本当に怒つて来るものも出来て来た。その度に暇のない体を（小鳥屋商売はいくら売れなくても体に暇は無いのである。）心安なお客に留守居を頼んだりして権作の処に出掛けて行つた。が、権作の方でも今度は何とかかとか口実をもうけておとなしく弁解するし、明日にでも作る様に云ふもんだから、行く度に彼は素手で帰つて来た。彼は全く一人で仲に立つて苦しい思ひをしてゐるのである。そんなことで彼は内づらがひどく悪くなつて怒りぽくなつては女房のお光に当り散した。さうなるとお光も今頃になつて少し六平やこんな生活に嫌気がさして来てゐると見えて、口ごとに口返答をし、命令に随はないし大抵ひつぱたき合ひになるのである。

普通の雲雀籠が四円か五円位で買へるのに権作の籠は六平が頼んでも八円もするのだから決して安くはないが、少し雲雀道楽をした男には又この権作の籠が心から堪《こた》へられないものであるに違ひない。それ程の腕がありながら権作は去年から未だ一つも作らない訳だが、して見るとこれは全くの権作の道楽仕事であるのか、一籠八円でも十円でも一年に一つか二つしか作らぬのでは全く話にもならぬ。妙なもので、それを又数寄者は有難がつて俺は十円出さう俺は十五円出さうと言ふ奴さへ出て来るのだから人間も可笑な生物だ。しかしさうした籠のことから六平は予算外の金を権作に取られてゐるので自分の商売の資金さへ無くなつて来るので一層お光はぐづぐづ云ふし、知合の婆さんから借りた十五円の催促は受けるし、結局この二人の間に離縁話が持上つた訳だ。尤もお光の方では六平に見切をつけて前々から出たがつてゐたらしい所があつた。

ある夕方六平は狭い店先で、先生だの八公だの釣堀の親方なぞと例に依つて雲雀の話や揚げの会の話なぞに夢中になつてゐるうちに客達はなかなか帰らないし、ふと気附くと、もう夕暗が逼つてゐるのに気付くと、丁度そこに顔を出したお光にちやぼに餌をやつて呉れと云ひ付けた。するとお光は何故かぷんとふくれてしまつて、妾あお勝手せんならんと言つてぷいと引き込んで行つた。それが客の前だつたので六平は又変な事を云つてけつかるかと思つたが、何気ない顔をしてゐたが、やがて客達が帰つた後で六平は自分でちやぼに餌をやつたり小鳥の蔽ひをかぶせたりした後もう飯時分だと思つて奥に行つて見ると、お光は長火鉢の前に長くなつて煙草をふかしてゐた。「飯にしろお光」と云つても彼女は知らん顔をしてゐるので勝手に廻つて見ると、飯の仕度なぞ一つもしてない事が解つた。六平はかつとなつて、いきなり物をも云はず寝そべつてゐるお光の横腹を嫌といふ程け飛ばし、しがみついて来るお光の頭を又四つ五つ続け様にひつぱたいた。「このこけ婆あ、たつた今出て失せろやい。」と六平はやつと呶鳴ることが出来た位彼はこの時ばかりは前後の見境もなく又年甲斐もなく憤激した。お光もあまり六平がはげしく怒つて続けざまに殴つたりけつたりするので日頃の不貞腐れた口返答も出来兼ねて、さつさと下駄をつつかけて飛び出さうとするのを、六平は又無言のままうしろから彼女の髪を引つかんで引きずり倒し、いきなり勝手の土間にあつたお光の下駄をたたき割つてしまつた。「馬鹿野郎！」するとお光は又起き上りざま六平の隙を見て駈け出し、今度は六平の草履をはいて逃げ様とした。それをも一度六平は引つたくつて嫌といふ程お光の頭を草履で殴り付けたが、お光も今は狂気面相凄じく六平の右手に喰ひついてわめきながら今度は表の方に飛び出して素足のまんまどつかへ走つて行くのだつた。六平の考へではお光もまさか素足では極まりが悪くて飛び出すまいと思つたのだが、これには一寸意外な気がしてもう追つかける勇気も無くなつた。その晩からお光は帰つて来なかつた。六平はそれから二三日店を閉めて呆然としてゐたが、息子の宇平にお勝手をさせたり心配させるのがあんまり可哀さうになつて、これはも一度穏やかに連れ戻す工夫をせずばなるまいと決心した。大体お光を六平は近所の者の世話で貰つたのだが、お光が本所にゐるといふ義理の兄貴の所にゐるといふのを聞き込むと、まだ一度も実際は会つた事のないその兄貴といふ家へ出かけて行くことにした。その兄貴といふのは鉄道省かなにかの小官吏ださうだが、どんな男かと彼は心配した。で兎も角相手は官吏だといふので、彼は滅多に着ない紋付を着て出掛け様と思つて、何気なくタンスの引出しを明けて見ると、驚いた事にはそこに一杯這入つてゐる筈のお光の衣裳が一切影も形も無くなつてゐるのであつた。これには六平も面喰つて暫く茫然としてゐたが、「畜生！　あの阿魔もう先から出る気でけつかつたな。おぼえてろ！」と独語して見ても、既に分別を取もどした六平は、急にしんみりとした気持になつて、空のタンスを見て自分の心の底をのぞかれるやうな虚な淋しさに襲はれるのであつた。そして彼はしよんぼりそこにたつた一枚残つてゐる自分の古びた紋付の羽織を取出して着るのであつた。ちよんちよんと彼は羽織の袖口を無意識に指先でたたいた。

相手は官吏ちゆうが、嫌に横柄な野郎ぢやねえかな、と彼は路々の電車の中で何となく気づまりな圧迫された気持になつた。でも俺らが家にも農林省の技師先生も大学の先生も来るぢやねえか、何も心配するがものはねえや、と強ひてそんな風な結論に元気付けられて安心した。電車を降りてからも義兄の家といふのは仲々見つからなかつた。やつとごみごみした場末の露路奥に内山一郎といふ義兄の表札を発見した時は彼はほつとした。「御免なせいまし。」と彼は何故か妙にあわてて言つた。もう夕方だつた。するとその声に応じてすぐ五十がらみの女の人が出て来て向ふでもハツとした様だつたが、一寸頭を下げると直ぐ奥に引き込んで行つた。入れ替りに五十二三の頭を官吏らしく七三に別けた、下品な額をした男が、どてらのまま嫌に横柄に構へて出て来た。六平は流れる額の汗をふきふき、「ハツ、兄上様でござりますか。お初にお目にかかりやす。この度びは、手前共とんでもねえ不始末をし出かしやして、御兄上方に御迷惑をかけやした段、重々に御容謝下さりまする様六平まかり出ましてござります。して手前共のお光の野郎否お光はお邪魔して居りまするでございまするか。へい。」と立て続けにしやべつた。彼はかう丁寧に下手に出るのが不始末をしでかした自分として義兄に対する礼儀だと信じてゐた。と、義兄である内山一郎は六平にあがれとも何とも云はず、つつ立つたまま六平が下手に出れば出る程、反り返つて来た。「うん、お光は来とる。」がお光が来とればお前さんそれでいいのかい。」とまるで子供を叱り付けるやうに言つた。「否、そのへい、来て居りますれば、この際かく六平奴がまかり越しましたについて、この際穏便にお引き渡し願ひたう存じまするが、そのを……」

「ならぬ！」と大きくにらみ付けて内山一郎は答へた。「聞けばお光にひどい傷を作つてお前さんから追出したといふが、どうも早言語道断の事ぢや。お光は返す訳に行かぬ。それにあれもどんな事があつても帰りたくないと云つとる」さう云つて彼はぷいと奥に引き込んでしまつた。

六平はひどく侮辱を感じて表に出た。そして帰りがけに知合の弁護士の家によつて、内容証明郵便で五日以内に返つて来なければ正式に離婚すると云つてやつた。六平はこの内山一郎に対しては全く憤激してゐたが、どうやら五日以内にお光が帰つて来はしまいかと時々表の年増女の通る後姿を見送つたりすることがあつた。五日たつたがお光から何の返事も無く帰つて来なかつた。六平はこれであの阿魔ともすつかり縁が切れた訳だぞ！　とさう重荷を卸した気になつたが、矢張どこか心の隅の虚さは秘せなかつた。又息子の宇平との佗しいやもめ暮しが始つた。

が彼は表むき何も無かつた様な顔をして、朝は宇平と交替で飯を作り、小鳥共を店に出し、カナリヤや十姉妹のまき餌鳥に粟をやつてそれから店の中を掃除して、目白や鶯の鳴鳥にじよろで水をかける。すると午後二時頃になる。その頃からお客がやつて来ると当分は離縁話の又話しを一人一人に聞いて貰つて自分の取つた行動がちつとも間違つてゐないといふ事をお客たちから裏附けして貰ひたいのである。さうしてそれをして貰ふと彼は安心するのである。九州老人なぞは六平を元気附けるつもりか、「おなごはいくらでんありますと、そぎやん不都合な奴め、どしどし出した方がよかとですばい。私あ、おなごん癖しとつて口返答ばすつとが一番好きまつせん。」さう云つて何時も六平を慰めるのであつた。息子の宇平はそんな事には余り感興のない顔をしてゐた。どつちでもいいのだらう。

そのうちにこの小鳥商売には最も苦手の梅雨期がやつて来る。お光が出てから三月余りになるのだ。その頃から不思議なことにお光の姿がちよくちよく青梅街道すぢに現れだした。何時か六平が、お光の手で金を借りた駄菓子屋の婆さんところにお光が居るといふ事を六平も知つた。「糞喰らへ、言はねえこつちやねえやい。俺が帰れといふ時、おとなしく帰つて来りやこんなことにやなんねえんだぞ。馬鹿野郎！」お光は義兄の家に仕事もせず永々と居られなくなつて飛び出した事は何も六平が考へなくても判り切つた事だつた。元々お光の家出によつて六平から幾何かせしめ様といふ魂胆の内山一郎の事だ。そんな一文にもならないお光を永々と食はして置く訳がなかつた。お光は家政婦をしたり針仕事をしたりしてゐるといふ話だつた。お光も前非を悔いて、すつかりおとなしくなつて来て、又六平の家に入れて貰ひたがつてゐるといふ噂もあつた。恐らくそれは真実にちがひない。が六平も何となくお光が可哀さうにもなつたが、世間の手前又のんべんだらりとくつつく訳にも行かなかつたし、息子の宇平に対してもそれは出来ない事だつた。宇平はお光が出ると、親父が可哀さうだから今度だけは是非帰つて呉れろと真情を吐露して二度ばかりお光に手紙をやつたが、何の返事もなかつた。それで宇平はお光の復縁については逆にひどく反対の気持になつてきた。おとなしいから口には出して言はないが、六平も宇平の気持の変化をそれとなく感じてゐた。

その間に六平は急に三度目の女房を貰ふ事になつた。近所の米屋の仲人で、六平はもと料理屋の女中だつたといふお春といふ女と一緒になつた。お春はお光と異つて水商売をしてゐたといはれるだけあつて、面立もすつきりして甲斐々々しく働くので六平はよろこんだ。宇平もよろこんだ。お光は矢張り駄菓子屋に出てゐた。しかし間もなくこの新しいお春が来てから、どうした事か六平がお客に対して迄何となく不愛想になつた様な気がするのだ。第一ぼんやり店先に坐つて何か考へあぐんでゐる様子が見える。夜なぞどんなお客が遊びに行つても客と自分との間に何か、すつかり冷い隙が出来た様で、それは客達もすぐ感じた。何かかう人々に家の容子を見せたくないといつた妙な警戒の気配が六平から感じられるのである。そして何となく六平に落ち着きが無くなつてお春の後かげばかりを追つてゐる様な気味わるい目付が客たちを自然不快にした。人々もあまり六平の家に行きたがらなくなつた。

お春は六平の家に来て五日目に酒を飲んだ。七日目にはお春の兄が入院してゐるので見舞に行くと称して出て行つた。彼女は、十二時すぎてからへべれけになつて帰つて来た。十日目に六平が夜晩く湯に行つて八百屋の八公の家で話し込んでゐるところへお春がやつて来て嫌がる八公を無理矢理に捕へて膝枕をして新内を唸つた。その晩酔つぱらつて仕様のないお春を無理に連れもどると、お春はふらふらする手附で、自分のたもとから一枚の男名刺を出して、この人と飲んだのさ、と六平の前でのろけた。六平は蚊帳の隅つこに小さくなつて寝ながらお春の云ふ事を聞き流してゐた。一緒になつた早々だから、彼は我慢に我慢をしてゐるのだつた。するとお春は、「妾、朗かよ、お前さんは井の中の蛙だよう、世間知らずの頓馬といふものさ、はゝは……」そんなことを好い気持ちで毒突くのだつた。六平は、「そんなもんぢやねえ、四十過ぎた女がお前見たいに酒を喰つて十二時過ぎに帰つていいものか考へて見ろ。酒を飲むのもよからうが晩酌に家で一合か二合ぐれえなら俺も我慢もしようが、お前の態あ何だ。俺だつて若え時や随分芸者買ひもしたもんだぞやい。」と余程云つて聞かしてやらうと思つたが、まあまあ醒めりや解ると思つて我慢をしてゐた。やがてそのお春はだらしなく寝入つたらしかつたが、五分もするとすぐいびきをかき出した。と、いきなり眠つたまま両の手を広げて、はあさん、はあさんと小娘みたいな甘い顔をしてうは言を言ふのであつた。六平はうす暗い電気の影でその有様をみると、急にかつとのぼせて、いきなりお春をけ起して引つぱたいてやりたい焦燥にかられるのだつたが、やつとの思ひで耐へた。と彼は何とも底の知れない不気味な虚無感に襲はれて、全身が寒さの為めにぶるぶるつと震へるのを感じた。そして彼はせんべい布団の上に裸のまま坐つてぢつと目を閉ぢて何か祈つてゐる様に見えた。六平はさうしたまま夜明まで動かなかつた。彼は十年前、彼が卅六の時に死んだ本妻のお年の面影を考へるともなく考へ続けてゐたのだつた。

意志をもつ風景

二つの旧街道に挟れて、その地方には二つの川が流れてゐる、さうして、そこには丘陵があり大きな竹藪があり、櫟林があり、畠があり、又少しばかりの田がある。それらの中に原始的な小村が埋れる様に点在してゐる。ここに迷ひ入つた人は誰れでも、これが大都市から二、三里外離れてゐないのを知ると意外な感に打たれるに違ひない。それ程この地方は寂寥としてゐるのである。

その一つの川は他の川と合流してゐないばかりで無く、海にも注いでゐないのだ。蒙古のタリム河の様に無気味に行方不明である。人々は時々紫金色の腹をひるがへして溯る何とか言ふ恐しく敏捷な魚の群を、そこに見るであらう。また、よし切や、時とすると水鶏や川せみのすがたを見かけるであらう。さうして夏から秋にかけては睡蓮や葭や河骨や、髪の毛の様な藻の群族が水面を覆ひつくすのを見るであらう。さうなると一層、この河岸を伝つて行く人々は何ともいへない荒涼たる気持に襲はれてしまふのである。

私は三年程前の夏、犬を連れて一日、この河べりに沿つてよし切を撃ち歩いた事があつた。昼頃迄には、それでも四五羽の小鳥と一羽の水鳥とを撃つたので大変に満足した。それで私はこの葭の中で一服やらうと思つた。葭は背よりも高く密生してゐて、それが水の中にも繁つて、暗くするどい影を投げてゐた。それらの青い植物がひとりでにざわめくほか何の物音も聞えなかつた。時々、どこかでクルルルと鳴く水鶏の声がするばかりだ。それが丁度空を行く白雲が音をたててゐる様でもあつた。

何か泥臭い魚の匂ひと野性の植物の匂ひが私の心臓をいつぱいにした。私の側にぢつと坐つてゐる秋田犬さへ植物の様だ。

私は煙草に火を附けて、訳もなく泥棒の様に四辺を見廻した。すると、今迄全く気が附かなかつたのであるが、右手に当つて、葭の間隙を透して一軒の白壁の家が私の目を引き附けた。

それは一寸意外な発見であつた。

白壁の家は私の居る所から約半町程降つた丸木橋の畔に建つてゐた。

一体、家と言ふものは、そこに棲んでゐる人々の、そこの主人の心象を如実に反映するものだと言ふ考へを私は持つてゐる。で、私は其見馴れない家がどんな表情をしてゐるかを見決め様と思ひ立つたのである。

私と犬とは静に立上つて歩き出した。私達は葭の中を潜つて歩いた。しかし、漸く私達が丸木橋の畔に這ひ出てそこから眺めた家の表情は、意外に非常に明いものだつた。初夏の陽に輝いた丘陵の赤土、新しい材木、川に倒影する白壁の影、さうしてその家に棲んでゐる人々の安らかな気持さへ感じられた。

併し、もう少し家の前の小径を歩いた時、私はどうしてそこの人が、こんな場所に好んで家を建てたか？　と、ふとそんな事を考へて、不思議に変なものが私の心の底にきらめいた。

見渡す限り、そこの近所には何処にも家が無かつた。よくこんな淋しい地方に、よく一つの家族だけで棲んでゐられるものだ！　とさへ私は思つたのである。私は、その家の存在に一つの意志を見た様に思つた。何と言つて好いか、一寸説明のしにくい朧げな、併し変に底気味悪いものだつた。私は、自分ではこの地方の地理に相当明いと思つてゐた。否、それ程詳しくなくとも、その家の位置する所を感覚すると、誰れでも奇異な感情に打たれるであらうと思ふのだ。第一家を建てるに何故こんな湿つぽい陰鬱な土地を撰んだか、何故にこんな人気の無い地方に棲まねばならぬか、さう云ふ疑問が当然起るに違ひない。何故と言ふにそこから一町程北方一帯の地に高峻な畠地の丘陵があるからだ。

その家は沼地の多い川畔に臨んでゐたから当然低い所にあつた。一寸谷底の様な地勢にあるのだ。

河畔の丘陵を切開いた為めに、北西の二方は僅か一間半ばかりの空地を残して、二丈ばかりの赤土の断層に突当つてゐる。南方は葭や雑草の密生した沼沢地であつて、その向う岸は約半町と間を置かずに、鬱蒼たる老木の繁り合つた山の岸に打つかるのである。それは土地の人が陣屋跡と言つて鎌倉時代の古城跡ださうである。

東方は、則ち垣根のある一面は約五、六間位の雑草の繁つた庭を隔てて、そのまま丸木橋に通ずる道路に面してゐる。その野路の片側はここも鬱々たる杉林なのだ。だから、その家を建てる為めに切開いた僅か百坪程の地面と道だけが、漸く人の歩ける土地なのである。その道も、丸木橋を基点として、どちらへ行くにも相当急な切通坂を登らねばならなかつた。

何故に、私がかうも廻りくどくその家の位置を説明するかと言ふに、それはただ次の一事を知つて貰ひたい為に過ぎない。かうした地勢だから、自然、その家は、人々が何処から来ても、その真正面に立つ迄決して見えないと言ふ事実なのである。

人々は河が流れてゐるのを見る事すら突然なので屢々驚く事があるのだ。だからこんな所に家を、特に近代人らしい建物を突然見た人は如何なる意味でか意外に思ふに違ひなかつた。

私はそんな事を考へて、何となく嫌な陰影を心の隅に残しながら、犬をせき立てて旧街道に出で、家に帰つて来た。明い夏の日なのに、家に帰つてからも何となく不安な気持だつた。

ところが、その辺一帯は、私の居る町から割合に近い場所にしては実に手頃な猟区域だつたのだ。葭切はゐるし、水鶏だつて偶には見るし、川蟬もよく見掛けるので、猟に出れば大概一度はその辺を通るのだつた。そのたびに私には、その家の動きかける意志が愈々はつきり感じられる様になり、愈々暗い気持で見る様になつて行つた。さうして段々その家が無気力な色褪せた表情を持つて来、次第に明さが失せて、冷い不気味な表情になつて来るのを感じたのである。つまり、その家の生活力が衰へて来て、敗滅の方向へ急激に傾いて行くのを見たのである。私は、その衰へ行く家の表情と、時間の中に明かに一つの青ざめた意志を感じたのである。それは明かにそこに棲んでゐる人の意志が家の表情となつて顕れて来るのである。

ある日、私はその家の附近にある杉林の梢にゐる川蟬を撃つ為めにその真下にしのび寄つた。その時私は直ぐ背後に人の足音を聞いた。その人は浴衣を着てゐた。さう思つた瞬間に私は発砲した。が当らなかつた。その美しい鳥は低く、抛射線を描いて山の畠の上を飛んで向ふの谷間に降りて行つた。

それから私はゆつくり振り返つて、私の邪魔をした人を見つめた。

——残念でしたね。当らなくつて……

さう言つて其浴衣の男は笑つて見せた。

——君が来たから当らなかつたんだ。

私は余程さう言はうと思つた。が、その男の一寸言葉で言へない奇妙な表情を見て私は黙つてしまつた。その代りに私は——この辺に川蟬が居るのは珍らしいですよ、……全く残念でしたよ……さう言つた。と、併し私は何故かこの男と一緒に居るのが恐しくなつて来た。で、さつさと犬を連れて切通坂を登り始めた。

暫くして坂の上から振り返つた時、未だ彼の男が元の位置にぢつと立つて私を見送つてゐるのを見た。

——変な奴だなあ、本当に、……あれあ屹度白壁の家の男に違ひない……

私は独言を言つてゐた。そして、あの男とあの家とが全く同じ表情と同じ薄気味の悪い意志を持つてゐるのに気が附いた。私はどんどん高原を急いだ。

それは九月の初めだつた。矢張り、少し遠出のつもりで、三里程ある甲州街道を突切つて撃ちに行つた帰りに、ひどく歩いた割に不猟だつたので、疲れて午後四時頃、私は又思ひがけ無くその家の前を通り掛つた。

ふと見ると、意外にもその家は戸が閉つて居り、背よりも高い庭の雑草の中で、荒廃して、無気味な表情をしてゐた。それは長年の空家に感ずるあの死滅の情緒の様でもあり、また一脈の生気が何処かにひそんでゐる様でもあつた。それは全くの空家よりも尚一層無気味な感じを与へた。私は慄然として立止まつた。

もともとこの地方一帯は非常に淋しい処であり、川の音さへ聞えない寂寥な場所なのであるが、陽は未だ高いし、いくら谷間の様な所でも晴れた初秋ではあるので、私は好奇心に駆られて、その白壁の家が空家であるかどうかを検べるつもりで、勿論かう荒廃しては借りる目算は無かつたが、その家をのぞいて見る気になつた。さうして何時だつたか、そこからキャッキャッと子供達の朗かな笑ひ声の響いて来たのを思ひ出しながら、私は雑草を踏み分けて近づいて行つたのである。併し、近づくに随つて、どうしたものか、私の心臓が次第に烈しく動悸を打つのを感じた。冷いものが変に私を圧迫するのを感じた。何度か私はそこから引き返へさうかと思つた。つまらない好奇心を後悔した。が、それでも私はその家から二間ばかり手前の草の中に立つてゐた。庭を仕切つた竹垣等も、すつかり倒れてゐて、遠目で見たより以上に実際は荒れ果ててゐた。何かしら腐つた様な空家の匂ひが鼻を打つた。鼻が痒くなる程それは烈しかつた。何の音も聞えなかつた。私はもう一度最初見た頃の明いこの家を思ひ出すと、また変な気持になりだした。その途端だつた。今でも私はその事実を判つきり断定出来ないのだが、そのすつかり外側から戸の打付けてある空家の中かららしい、幽かな、

――それは事実幽かに呻めく様な人の咳入る声を聞いたのだ。さう思つた、と同時だつた。

私の犬が、実に恐怖に満ちた低い長い唸り声を立てて吠え始めた。すつかり耳を引き付けて身構へてゐる様子が、更に私を吃驚さした。私は自分の愛犬の動作と、その表情をよく知つてゐる。――この時の犬が何を表情したかは――だから一目して判つた。さうしてもう一度低い咳の音を聞いたと思つた瞬間、私は、白状するが、腰が抜ける程の衝動に打たれて、無我夢中で駆け出したのであつた。私は夢中で走つた。が、足がふらついて自分ながら情ない気持を味つた。犬は私を置いて、これも一散に駆け出したのである。こんな訳の判らぬ恐怖に襲はれた事は近年に無い事実だつた。

私は実在の物凄い、しかしあくまでも冷いその家の持つ意志に打つつかつたのである。さうして、見事にその恐る可き意志の力にはね返された。この事は、それ以来、決して二度とあの不気味な家の前を通るまいと、心に決心さしたのでも解る筈だ。私は実際好きな鉄砲さへも止め様と思つた。

十一月に入つてから、私は私の五つになる子供を連れて魚釣りに行つた。この二、三年魚釣は止して居たのだが、ふと思ひ付いて――否、引越の時、釣竿が出て来たので、急に行つて見たくなつて出掛けたのである。

魚は一向喰はなかつた。子供が他の人の釣上げた魚を見てどうしても聞かなかつたので、私も一匹位は釣りたいものだと思つた。それで私と子供は夢中になつて、好い場所を探しながら川を溯つて行つた。一時間もゐて漸く二、三匹の小鮒が釣れた。喰はない時は一日居ても喰はないものだ。その時、私は帰らうと思つて初めて自分達の位置に気が附いた。私達は引き返すには余りに遠く迄来過ぎて居た。それで私はもう少し溯つて帰ることにした。丁度、向ふの杉林のある所で百姓の大根を洗ふ足場が見えたので、私と子供はそこで汚れた手足を洗ふことにした。ふと、足を洗つてゐると、杉林の向ふから、ザアザアと石を転す音が聞えて来た。私は誰れも居ないと思つて居たので一寸吃驚した。

私達は又歩き出した。と一つの丸木橋のある道に出て仕舞つた。そこの道ばたで一人の年老いた労働者が道に砂石を敷いてゐるのを見た。

丸木橋に来て、初めて気が附いたのだが、それが例の家のあつた筈の前の道路だつたのである。今迄気が附かなかつたのは私達が裏側から来たからであつた。しかし、不思議な事には例の白壁の家が跡方も無く消え失せて、その上、その家の跡らしい所は、真新しい赤土のスロープになつて、雑草さへ一本も生えて居なかつた。それは良く油絵で見る様な陽の当つた赤土のある風景に過ぎなかつた。

私はぼんやりそれを見てゐた。しかし、私は余り不思議だつたので、丁度手を休めて煙草を喫み始めた例の老人に言葉を掛けた。

——あのう、あそこにこの間迄家があつた筈なんだが、——ありやどうしたんです。とその人の好ささうな労働者は、最初不思議さうな顔をして私を見つめて居たが、さうして、如何にもそんな事は知らないと言ふ様な、否、知つては居るが言はれないと言ふ様な顔をして笑つた。が私があまり吃驚した顔をしてゐるのを見ると、一寸四辺を見廻して小声で言ふのだつた。

——だつておめえ、ほら、例の……と言ひかけてもう一度私の顔を見たが、今度は決心して——

新聞に出た、——ほら、あの半年も死人と一緒に居た、妙な人の家でさあ……それを、その人の遺言でこの間焼いたんだよ……

——あつ、さうですか、へえ……僕あ、あれがこの家だとはちつとも知らなかつた。

私は不思議な気持で改めてその赤土を見返した。

そこには明い秋の陽が一面に照つてゐて、二、三匹の赤蜻蛉が無心に飛んでゐるのを見た。

老人はまた忙しく砂利を敷き始めた。その音がザアザアと森閑とした空気に響いた。

私は、今ここに何等の意志のない風景を感ずる事が出来る。否、一つの意志が、何かと物凄く闘つて、敗滅した後の空漠とした明いニヒルを感じたのである。

私は子供の手を取ると、又例の切通し坂を冷い気持で登り出したのである。さうして、道々、つい二ケ月程、世間を驚かしたあの奇怪な事件を考へてゐたのである。そこには一人の男の何とも言へない不思議な心理と、意志と行動とがあつた。私はあの家の表情の変化をもう一度思ひ浮べたのであつた。

ここで私は当時の新聞記事をそのまま転載すると非常に好都合だが、一寸見出せないので、記憶を辿つてざつと書いて諸君の記憶を呼びさましたいと思ふ。

例の家の主人が、その奥さんと二人の子供を殺して後、一ケ月も戸を閉めたまま同居してゐたと言ふ事、その主人の自殺後更に半年も人々が知らなかつたと言ふ事、半年後に初めて発見された時半分ミイラになつてゐた婦人や子供達の髪の毛に鼠が巣を作つてゐたと言ふ事、その主人は相当の金持なのに不治の病の為めに一家の者皆が死んだと言ふ事等々。

私は、その人（その人は何時か私が川蟬を打ち損つた時、私の背後で話しかけた浴衣の男に違ひないと思つた）が、死んだ自分の妻子の死体と一緒に荒廃して閉め切つたあの家で一ケ月も生活してゐたと言ふ事を考へて、更に時々、深夜にその家を出て街々をうろついては又夜明け方に、一人死人の家に帰つて行つただらう事を思ふと、その人の奇怪な心理と妄想と苦悩とを考へると何とも言へない恐しさに打たれるのである。と共に、何時だつたか犬と一緒に、私もひどく驚いたが、その人もきつと私以上に驚いたであらうと思ふのだ。その日は丁度あの人が自殺する数日前に相当してゐるからだ。私は実に悪いすまない事をしたと思ふのである。その時、彼は死んだ妻子のミイラの側で、恐らくこの世にも無い苦悩の中で、人の足音を聞いて、こみ上げて来る咳を（彼は不治の肺病であつた）一生懸命に耐へ様としてゐたに違ひない。さうして近づいて来る犬の唸り声と人の足音にあらゆる呪と恐怖を抱いたであらう。さうしてそれらの子うじ虫が愛妻や愛児の鼻や口の間を這ひ廻つてゐたに違ひない。さうして、そのまつ暗い部屋の中で電気がひとりでに点いたり消えたりしてゐた相である。……

と言ふ事を祈りに近い心で思ひ続けながら私と私の子供は丘の頂上の道を歩いてゐた。見上れば、明い空いつぱいの秋だつた。私も又この一切のニヒルの中を歩いてゐる様な気がする。

——一切は冷く空虚なのだ。——さう切実に私はその時思つたのであつた。

飛行船の様な銀色に光る雲が、はるか西空をしづかに航行するのを見た。

——お父うちやん、あれ飛行船かい？

この間見たツエッペリンを思ひ出して子供はさう言ふのである。

――うん、さうだ、さうだ。
私達はしつとりした坂の山道を急ぎ出した。

谿谷行

——ねえ、君、君の言ふ山の鳥捕りの家へ俺を連れてつてくれないかね。

午前十一時頃、瘠せた男の家へ肥えた男が訪ねて来て、さう言ふのである。

——実アね、少し御乱行がすぎて二日ばかり家へ帰らないんだ。それでね具合がわるいんで、君の言ふ山に行つて鷹の子を買つて来たいんだよ。そいつを女房に見してさ、××先生へ贈呈することにしたいんだ。ところが、なかなか山が深くつて、嵐に出会つて、たうとう山に泊つたといふ事になるんだ。これから行つて呉れないか?

さう言ふ訳で瘠せた男も同行することにした。

二人の男は着のみ着のままで出発した。

東京近郊から一時間ばかり汽車に乗つて、それから又山へ行く旧式な汽車で凡そ一時間ばかり揺られるのである。

武蔵野平原が漸くつきようとするところで、遠く秩父、甲州の連山が、両側に出没し初める。しだいにそれらの山々はあぢさゐ色から紫に、紫色から緑青に、その力強い山容を顕して来るのである。汽車は乗客が減るに随つて漸く山中ふかくはひつてゆく。

山にかかつて暫くすると彼等は一小駅に着いた。この駅には駅長である鼻ひげの生えた男と改札係の少年と二人ほかゐない。駅は深い谿の崖つぷちに、あぶなつかしく建つてゐて、崖には巨大なくるみの木が熱帯風な果実をいちめんに付けてゐる。さうして谷を越えて向う側には石灰の山が怪獣の様な形で駅を見おろしてゐるのである。しかし、その谷は水が枯れてしまつて川床には多くの石ころが悲しげに並んでゐる。

駅を出るとすぐ橋にかかる。二人のものずきはのんびりした気持でその橋を渡つた。そこを過ぎると、甲州へ出るといふ古風な白い路がいよいよ坂になつて一つの山麓を迂廻しようとするのである。その丁度曲り角の崖の口に、訪れて行く山の鳥捕の家があつた。杉の皮の屋根を持つた掘立て小屋で、とても人の棲む処とはおもはれなかつた。家のすぐうしろは山の小学校の（実は分教場ださうである）庭になつてゐて、そこから眼下に一帯の平原と村々と遠く突コツたる山脈が見渡せるのである。

二人はその校庭の先端に立つて、ふき上げて来る涼風に汗をかわかした。

——ねエ君、山の小学校つていいね。

——うん、なんだか子供の時を想ひ出すな、時にその鷹の仔がゐるかしら……

――ああ、この間捕つて来るつて言つてたから今日は居るよ、早く行つて見ようよ。

兎に角山男みたいなすごい男だよ。

二人は話しながら鳥捕りの家に近づいた。

破れ障子の隙間から瘠せた男が声をかけた。――こんちは、ゐるかね大将！

――あ、東京の旦那ですかい、吃くらするぢやないか。今日は山だよ。

――おい山に行つたつて言ふけれど一寸休まして貰ふか。

――うん。

――おばさん、今日はタカの子捕れるかね。

――あ、屹度捕つて来るべい、鉄砲もつて行つただからね。

――何時頃に帰るね、今夜は？

――けふは何かゐるかね……

――目白とかけすの子だけだよ。

山の女はワラで作つた飼籠のフタを取つて見せた。説明して置くがその家は四畳半位の鳥籠の沢山置いてある部屋とお勝手があるだけで、杉の皮の天井も畳もすすだらけで真つ黒くなつてゐる。二人の男はその四畳半の入口に腰掛けて物珍しさうにかけすの子を眺めてゐるのである。四匹の丸裸の子が真つ赤な口を開いて餌を欲しがつてゐる。

山の女が番茶とふきの煮しめを出して呉れた。彼等はそれをむさぼり喰つた。お腹が減つてゐたらしい。

——おばさん、川に下るには何処から行つたらいいかね。

——川かね、ステンシヨの前から真すぐ降りるとすぐだアよ。

——ぢやね、僕たち夜もう一ぺん来るからね。おやぢさん帰つたらさう言つといて呉れよ……

二人の男は崖を降りてまた停車場の方へ歩き出した。汽車はたつた今出たばかりらしかつた。その汽車からであらう、一人の若い娘が、と言つてもやや都会風の女がたつた一人で降りて来るのに会つた。

——オイ、つけて見よう。

二人のどつちかが言ふと、もう一人がすぐうん、とうなづいた。二人とも同時に心をうごかしたに違ひない。

彼等は、山では珍しく綺麗な娘のあとを追ひはじめた。三人ともあぶなつかしい崖つぷちを歩いて行くのである。空が高い。

——あれ、君、町のむすめだらうか。

——いや土地の者だらう、さつき停車場で駅員に声を掛けてたよ。

——よく見てやがるな、——おい娘さんいやに急ぎ出したぢやねえか、あんまりおめえが太い声出すからよ。

——う、なる程、急いでらあ、うぬぼれてやがる。

まもなく女は曲り角のところから山へ行く方へ登つて行つた。さうしてやがて樹かげに見えなくなつた。

——ねえ、つけたつてどうにもならんさ、谷川に行かうよ。

——ああ、降りて見ようか、でも一寸いい女だぜ。

——まだ、考へてやがる、ハ、ハ、ハ………

男達はそんな冗談を大声でやりながら森の中の小径を木の枝につかまりながら降りて行つた。あぶなく滑り落ちさうになるのを、やつと木の根にしがみ付いて助つたりした。

瘠せた男はふと、自分の近所の例のバーのマダムの事を想ひだしてゐた。こんな山中で町の女のことを考へるのはへんにやるせないおもひのするものだ。彼はそのことを肥つた友達に話さずにはゐられなかつた。

——きみ、おれんとこのそばにね、素敵なマダムがやつてるバーがあるんだ。そこのマダムがナ、おめえんことを知つてて、是非いちど紹介して呉れろつて言つてたよ。このごろ有名だからナア。

——だしぬけに、何いつてやがるんだい、いやにおだてたりして、でもおめえ、ばかだナア、こんな山ん中よりや、そこの方がよつぽどいいやな、何故早く言はないんだい。見ろ！　おれこんなに茨に引つかかれちやつた。

彼等は大蛇の様な山藤のつるにしがみつきながら蛙のやうな恰好をして、いましも断崖を川原の方へ降りようとしてゐた。

——おれ、わすれてたんだよ。おい！　上の方であんまり揺がすなよ。岩にぶつつてけがしちまふぞ、おい、よせよ、淵の方へでも落ちたら事だぞ。

なるほど深くうづまいてゐるふちと川原の界にその長い藤の蔓はたれさがつてゐるのであつた。

——おめえが、そんなにぶらんこみたいに揺すぶるからよ、俺だつて手が千切れさうになるぢやねえか——おい、そのマダムつてどんな女だい。

——どんな女つて、行きや一目瞭然だアね。今夜でもいいや。

もう、瘠せた男は砂の上に飛び降りてゐて両手に下駄を握つたまんま、上を向いてさう言つた。

——おい、一人だといやに揺れやがつて降りにくいや、たのむから一寸つかまつてて呉れよ。

崖の中途で肥つた男は妙な腰付をしながらぶるさがつてゐるのである。

——知らんよ、おれ、何だいその恰好は？

瘠せた男は故意と藤の蔓を揺した。

——アツ、おどかしやがる、おぼえてろ……二人は声を合せて笑ひあつた。

深い渓である。両岸の草木はいよいようつそうと繁つて、杳《はる》か上の方から流れてくる水流は、ハッラッと白く日光を反射してゐる。曲り角のふちのところで水は紺碧をなして渦巻いてゐるのだが、そのあたりの岩々には山蘭が見事に咲きほこつてゐるのだ。かういふところでは人間は非常に小さい。恐らく石ころ位の価値、ほか無いであらう。

二人の男は、水音のほか何の音も聞えない大きな岩の下で真裸になつた。二人とも猿股を外した。こんなところでは、そんなものを着けてゐるのが何となく申訳ないやうな気がしたのでもあらうか。

ともかく二人はまつぱだかのまま渓流石をつたつて游ぎはじめた。魚の冷い肌がからだに触れて彼等は小児のやうに水をはねちらした。

水からあがると二人は日向に背を干した。

——ああ、いい気持だなア、俺すこし眠むるぞ。

肥つた男は川原の温かい砂の上に大の字になつて眠り初めた。すると瘠せた男は何と思つたのか、何町とつづいてゐるその谷の砂丘を一生懸命に走り出したのである。何遍か走つてゐるうちに彼もくたびれてつひに太陽に腹を曝しながらねいつてしまつた。

何時間か経つたらしい。

川の水がいやに冷くなつて、砂丘に長いかげが来た。

瘠せた男は未だね入つてゐる肥つた男によびかけた。

――オイ　オキロ　モウ　夕方ダ。

――うう—ン、――何だつて起すんだい、素敵な夢を見てたんだぞ、おれは――

おれが精虫の時の夢なんだ。とても明くて幸福だつたぞ。

その男はねぼけた目をパチパチして空とぼけた。

――ふん　つまんない事言ふなよ、着物をきて早く行かうよ。

彼等は、何時の間にかうすぐらくなつた山を這ひあがつた。文字通り路のない繁つた雑木の下を押し分けて行くのである。

――おい　今夜　そのバーへ行かうナ。

――ああ　行かうよ、いやにじめじめして来やがつたナ、露がおりたのかね。

――オイ　もつと元気のいい声を出せよ……ありや何だい、オー　向ふの方でヒーヒー言つてるなあ、君聞えるだらう。

二人は闇の中でぢつと聞耳をたてた。

――何だらう？　あれは？

――オイ　ぢつとしてゐようよ。きみがわるいから。

――もう、止んだやうだね、鳥かむじなだらう、きつと、それよか早く里に出ようぜ。こんなところにまごついてゐるとろくな事ア無いや。

彼等は木の枝にぶつかつたり、蔓草に足を取られて転つたりしながら、やつとの思ひで旧街道に這ひ出た。そこは新街道よりずつと谷に近いところを廻りくねつて走つてゐる古風な道であつた。昔は新宿から甲州へ抜ける裏街道になつてゐたのだ。例の大菩薩峠で有名なガンリキの百蔵などが活躍した路なのだ。今でも昔の面影が残つてゐて、ぽつんぽつんと農家の灯が路と崖の間にともつてゐて、かすかに昇り初めた新月の底の方で、川瀬の音ばかりがいよいよ冴えて響くのである。

彼等二人の男は何となく寂びしくなつて来て、いや対岸の方に蒼々とさえた高い山を眺めて無言のまま歩いて行くのである。

谿間からふき上げてくる風は冷くて清涼だ。山の背には光る松の木の行列だ。

深い長い竹藪を通り抜けて、やうやく彼等は山の鳥捕りの家へ近づいた。そこにはうすぐらい五燭の電燈が障子の間からもれてゐる。ぼんぼりの光ほどにも無い。

――オイ　帰つてるらしいぞ！

――さうか、

やつと彼等は元気付いた。

——おばさん　帰つてる？

瘠せた男が戸の外から声をかけた。

——あゝ、今けえつたばかりだよ。

——や、東京の旦那ですかい。

山の男は薪籠のやうなものを背負つたなり部屋の中に這入つて来て、そこで初めて籠を降して二人にあいさつした。

——今日は大分おそがへりだね。

——ええ、けふはその、こないだ話したタカの子を愈々捕りやしてなア。二度も三度もしくじつた揚句でがして、そりや随分骨折りやしたよ、こいつにや。

——鉄砲で打つたのかね、親鳥を？

——いんや、そいつが散弾ぐれえでは、とても死なねえんでがすよ。何んしろ羽を拡げりや一間ぐれえもあるつてえ大鷹で（山の男は両手をいつぱい拡げて見せるのである。）がすからね。岩の上のでつけえ杉のてつぺんに巣組んでゐましてな、その岩がまた深い谷の崖にありやがつて、二人がかりでやつと捕へたでがす。

さう言つて目のギロギロした背の低い山の男は籠の中からタカの子をつまみ出した。

——これが、そいつの子供でがすよ。たつた一羽かゐねえんでがす。なんしろ今年や陽気が変でがして、何鳥でも一体が出来が悪うがすな。

タカの子を彼等二人は初めて見たのだが、とても可愛くて威厳があるのに驚いた。それは真つ白い真綿で作つたやうに、丁度猫の子位の美しいうぶ毛に包まれた、くちばしの大きく黄い、さうしてすでに目の据つた、生れて五日目とはとても思はれない位剛快な風格を持つてゐるのである。

——なるほど、こいつ生後五日にして既に衆鳥を呑んでゐらあ。

肥つた男が感心した。

隣の巣にゐるセキレイの子をうす紫の口を開いて呑まうとするのである。

——かうでがすからな、そりや捕るのに骨折りやしたよ。何しろ一人ぢやとてもむづかしいんで鉄砲を打ちましてな、一人が下から親を追つ払ふし、一人が覆面して樹に昇るんでがすよ。親の奴、いくら散弾を打つぱなしても一間と離れやしましねえや、そいつを長い棒で追つ払ひ巣に近づくんでがす。うつかりしようもんなら背中んところをがんとやられますだからね。どうもこ奴にや骨折りました。

——さうだらうな、ふうん。

——時にこのタカの子つてえのはよつぽど高いのかね。

——いんや、東京の旦那でがすからお安くお願ひしてえんでがすが、——さうさね、五枚でようがす。とてもそいぢや合はねえんでがすよ。

さう言ひながら山の男は竹のへらにすり餌を付けてちよんちよんとタカの嘴をたたくと、タカはすぐ大きな口を開いて、その餌をうまさうに呑み込むのである。

——ふん、さうやつて飼へば大丈夫死なないかね。

肥つた男が聞いた。

——あんた、こんな丈夫な鳥は外にありやしねえですよ。

ぢや、俺にそれを呉れ。と言つて彼は金を渡した。

瘠せた男は急に時間が気になつて時計を見た。十時過ぎてゐた。

肥えた男はタカの子を古いボール箱に入れて貰つて、それを右手にぶらさげた。彼は非常にうれしさうである。これで彼の奥さんは彼の外泊を信用するにちがひない。

——十一時過ぎたよ、急がうよ。

——みなさん、また来ておくんなさい。この次にや雉の子だのオシドリなんぞ捕へときますだ。何でも捕れますからな。

せいいつぱいのお世辞である。

彼等は山の男の家を出た。月ははや中天に昇つてゐた。周囲の山々が影の様にそびえ立つてゐる。路が光る。

山の颪が彼等の耳に颯々と音をたてて通り過ぎた。

——飲み屋はもう閉つてるだらうな。と二人は同じ事を考へながら森閑とした停車場の方へ急いでゆく。そしてタカの子が時々ボール箱の中で体を揺すぶる。
二人は月を呑まうとして大きなあくびをした。

大木惇夫（おおき　あつお）
明治二十八年、広島県に生れる。北原白秋の門に入って詩作の途を歩み、大正十四年に刊行の第一詩集「風・光・木の葉」で国ぶりの抒情を犀利な感覚で簡勁に歌って詩壇に地歩を築く。翌十五年に「秋に見る夢」、昭和五年「危険信号」等の作品集がなるが、やがて開戦後の同十七年、海軍報道班員として赴いた先のインドネシアのジャカルタで「海原にありて歌へる」を出版、戦争詩の精華として広く愛誦された集は、時代に遇ったときの抒情が展かれるさまをよく示して、作者を国民詩人たらしめたという意味で、詩業を代表するものとする。昭和五十二年に歿するまで、白秋の評伝を作るに人を得たというべき「天馬のなげき」他、戦後の著述も少くない。

蔵原伸二郎（くらはら　しんじろう）
明治三十二年、熊本県に生れる。慶大仏文科に学び、萩原朔太郎の影響下に早くから詩作を試みたが、それが知られるより前、他方で創作の筆をとるようになっていたのが「猫のゐる風景」として昭和二年に刊行されたのを、文学活動の出発とする。続く小説集「目白師」を同十四年に出すが、その前後から「コギト」「四季」等に詩作品を発表していたところ、同年処女詩集「東洋の満月」を刊行、悠遠なアジアの詩魂を雄渾に歌った一巻によって詩人としての名を馳せ、「戦闘機」「天日のこら」の作品集のある戦中を挟み、戦後は「乾いた道」を経て、進境を昭和三十九年の「岩魚」に写したのが再び高い世評を集めるに至った折柄、翌四十年歿。

近代浪漫派文庫　29　大木惇夫　蔵原伸二郎
二〇〇五年十月十二日　第一刷発行
著者　大木惇夫　蔵原伸二郎／発行者　小林忠照／発行所　株式会社新学社　〒六〇七―八五〇一　京都市山科区東野中井ノ上町一一―三九　印刷・製本＝天理時報社／ＤＴＰ＝昭英社／編集協力＝風日舎

ISBN 4-7868-0087-2
落丁本、乱丁本は左記の小社近代浪漫派文庫係までお送り下さい。送料小社負担でお取り替えいたします。
お問い合わせは、〒二〇六―八六〇二　東京都多摩市唐木田一―一六―二　新学社　東京支社
ＴＥＬ〇四二―三五六―七七五〇までお願いします。

◉近代浪漫派文庫刊行のことば

文芸の変質と近年の文芸書出版の不振は、出版界のみならず、多くの人たちの夙に認めるところであろう。そうした状況にもかかわらず、先に『保田與重郎文庫』(全三十二冊)を送り出した小社は、日本の文芸に敬意と愛情を懐き、その系譜を信じる確かな読書人の存在を確認することができた。

その結果に励まされて、専ら時代に追従し、徒らに新奇を追うごとき文芸ジャーナリズムから一歩距離をおいた新しい文芸書シリーズの刊行を小社は思い立った。即ち、狭義の文学史や文壇に捉われることなく、浪漫的心性に富んだ近代の文学者・芸術家を選んで四十二冊とし、小説、詩歌、エッセイなど、それぞれの作家精神を窺うにたる作品を文庫本という小宇宙に収めるものである。

以って近代日本が生んだ文芸精神の一系譜を伝え得る、類例のない出版活動と信じる。

新学社

新学社近代浪漫派文庫（全42冊）

※白マルは既刊、四角は次回配本

❶維新草莽詩文集
❷富岡鉄斎／大田垣蓮月
❸西郷隆盛／乃木希典
④内村鑑三／岡倉天心
⑤徳富蘇峰／黒岩涙香
⑥幸田露伴
❼正岡子規／高浜虚子
⑧北村透谷／高山樗牛
⑨宮崎滔天
⑩樋口一葉／一宮操子
⑪島崎藤村
⓬土井晩翠／上田敏
⓭与謝野鉄幹／与謝野晶子
⓮登張竹風／生田長江
⓯蒲原有明／薄田泣菫
⑯柳田国男
⑰伊藤左千夫／佐佐木信綱
⓲山田孝雄／新村出
⓳島木赤彦／斎藤茂吉
⓴北原白秋／吉井勇
[21]萩原朔太郎
㉒前田普羅／原石鼎
㉓大手拓次／佐藤惣之助
㉔折口信夫
㉕宮沢賢治／早川孝太郎
㉖岡本かの子／上村松園
㉗佐藤春夫
㉘河井寛次郎／棟方志功
㉙大木惇夫／蔵原伸二郎
㉚中河与一／横光利一
㉛尾崎士郎／中谷孝雄
㉜川端康成
㉝「日本浪曼派」集
㉞立原道造／津村信夫
㉟蓮田善明／伊東静雄
㊱大東亜戦争詩文集
㊲岡潔／胡蘭成
㊳小林秀雄
㊴前川佐美雄／清水比庵
㊵太宰治／檀一雄
㊶今東光／五味康祐
㊷三島由紀夫